세계 문학 단편선

가을빛 속으로

일러두기
- 외국어의 한글 표기는 국립국어원의 외래어표기법을 원칙으로 하였으나, 일부는 독자의 이해를 고려해 예외를 두었습니다.
- 본문에 있는 주석은 모두 옮긴이의 주입니다.

세계 문학 단편선

가을빛 속으로

다정한책

차례

세 번의 추수감사절 샬럿 퍼킨스 길먼 · 7

장 구르동의 가을 에밀 졸라 · 41

함께 그리고 따로 버지니아 울프 · 65

가을 아쿠타가와 류노스케 · 81

비통한 사건 제임스 조이스 · 111

여왕의 쌍둥이 세라 온 주잇 · 131

후회 기 드 모파상 · 165

세 번의 입맞춤 에드워드 페이슨 로 · 179

사흘간의 폭풍 어니스트 헤밍웨이 · 215

세 번의 추수감사절

Three Thanksgivings

샬럿 퍼킨스 길먼(Charlotte Perkins Gilman, 1860~1935)

미국 코네티컷 출신. 작가이자 사상가로 여성의 삶을 규정짓는 제도와 역할을 날카롭게 비판했다. 《누런 벽지》를 비롯해 《허랜드》, 《여성과 경제》 등에서 결혼, 가사노동, 육아 문제를 주제로 한 작품을 발표했다. 잡지 《선구자》를 직접 창간해 다양한 글을 실었으며, 간결하고 힘 있는 문체로 미국 사회의 구조적 모순을 드러냈다.

―

　모리슨 부인의 무릎 위에 앤드루의 편지와 진의 편지가 놓여 있었다. 그녀는 두 통의 편지를 다 읽고 나서, 다정한 어머니 같기도 하고 아닌 것 같기도 한, 그런 미묘한 표정으로 편지들을 바라보았다.

― 어머니는 저와 함께 있어야 합니다. 진의 남편이 어머니를 부양하는 건 옳지 않아요. 이제는 제가 충분히 할 수 있습니다. 편안하고 좋은 방을 마련해 드릴게요. 옛집은 세를 놓으면 꽤 수입이 생길 것입니다. 아니면 팔아서 그 돈을 투자하면 훨씬 더 큰 이익을 얻을 수도 있어요. 어머니가 그 집에서 혼자 지내는 건 바람직하지 않아요. 샐리는 나이도 많고 언제 무슨 일이 생길지 알 수 없잖아요. 어머니가 걱정이 됩니다. 추수감사절에 오셔서 여기서 지내세요. 오시는 데 필요한 여비도 함께 보냅니다. 어머니가 오시길 진심으로 바랍니다. 애니도 제 마음과 같아요. 우리의 사랑을 보냅니다.

앤드루 드림.

모리슨 부인은 조용히 반짝이는 미소를 지은 채 앤드루의 편지를 다시 한번 처음부터 끝까지 읽고, 무릎 위에 내려놓았다. 그리고 이번에는 진의 편지를 펼쳤다.

- 어머니, 올해 추수감사절엔 꼭 저희 집에 오셔야 해요. 생각해 보세요. 손주가 태어나고 석 달 되었을 때 보시고 한 번도 오신 적이 없잖아요. 게다가 쌍둥이는 아직 한 번도 못 보셔서 알아보지도 못하실 거예요. 그사이에 훌쩍 자라서 멋진 아이가 되었답니다. 물론 조도 어머니가 꼭 오셨으면 좋겠대요. 조도 진심으로 원하는데, 왜 저희와 함께 살지 않으세요? 위층에 작은 방이 있어요. 크진 않지만, 프랭클린 난로를 들여놓으면 따뜻하고 아늑하게 지내실 수 있을 거예요. 조는 흰 코끼리 같은 그 크고 낡은 집을 팔면 좋겠다고 해요. 그 돈을 가게에 투자하면 이자도 꽤 드릴 수 있다고 하고요. 제발 그러세요, 어머니. 저희는 어머니가 함께 계시면 정말 기쁠 거예요. 어머니가 계시면 저도 든든하고, 아기들 돌보는 데도 큰 도움이 될 거예요. 조는 어머니를 진심으로 사랑해요. 꼭 오셔서 우리와 함께 지내요. 여비는 편지에 넣어두었어요.

사랑하는 딸, 진 드림

모리슨 부인은 두 편지를 나란히 놓고, 다시 가지런히 접은 다음 각각의 봉투에 넣었다. 그리고 그것을 커다랗고 고풍스러운 책상 서랍 속, 제자리에 정리해 두었다.

  그녀는 천천히 몸을 돌려 거실을 오갔다. 큰 키에 위엄 있는 풍모였지만, 사람을 끌어들이는 부드러운 매력을 지닌 여인이었다. 꼿꼿한 자세와 가벼운 발걸음, 여전히 눈에 띄는 기품과 아름다움이 있었다.

  11월이었다. 마지막 하숙인이 떠난 지도 이미 오래, 조용한 겨울을 앞두고 있었다. 그녀 곁에는 샐리 외에는 아무도 없었다. 앤드루가 편지에서 썼던 '언제 무슨 일이 생길지 알 수 없다'는 표현을 떠올리자, 모리슨 부인은 피식 웃었다. 아들은 차마 '쇠약하다'거나 '병약하다'고는 쓰지 못했던 것이다. 샐리는 흑인 여성이었고, 언제나 변함없이 부지런하고 활기찼으니까.

  모리슨 부인은 혼자였다. 그러나 '웰컴하우스'에 사는 동안, 그녀는 결코 불행하지 않았다. 아버지가 직접 지은 이 집에서 그녀는 태어나고 자랐다. 집 앞 넓은 잔디밭과 뒤뜰에서 뛰놀며 자랐다. 이 집은 마을에서 가장 좋은 집이었고, 어린 시절의 그녀는 이곳이 세상에서 가장 아름다운 곳이라 믿었다.

아버지를 따라 워싱턴과 외국을 오가며 대사관저나 저택과 궁궐 같은 곳을 다녀본 뒤에도 그녀의 눈에는 여전히 웰컴하우스가 가장 아름답고 인상적이었다.

부인이 하숙을 계속 받는다면, 한 해 생활비는 충분히 마련할 수 있었고, 주택담보대출의 원금까지는 못 갚더라도 이자 정도는 낼 수 있었다. 아이들이 어렸을 때는 어쩔 수 없이 하숙을 받았지만, 사실 그녀는 하숙 치는 걸 진심으로 싫어했다.

그럼에도 젊은 시절 외교계에서 쌓은 경험과 교회 일로 다져진 실무 감각 덕분에, 그녀는 그 고된 일을 인내심과 능숙함으로 해냈다. 하숙인들은 종종 긴 베란다에 앉아 뜨개질을 하며 모리슨 부인은 참 품격 있는 분이라고, 서로 고개를 끄덕이며 말하곤 했다.

그때 샐리가 활기차게 들어와 저녁 준비가 되었다고 알렸다. 모리슨 부인은 짙은 적갈색의 기다란 마호가니 식탁 끝에 놓인 은쟁반 앞으로 걸어갔는데, 마치 스무 명쯤 되는 귀빈을 맞는 듯한 품격이 있었다.

잠시 후, 버츠 씨가 찾아왔다. 그의 얼굴에는 늘 그렇듯 단호한 기색이 있었지만, 옷차림은 평소보다 훨씬 단정했다. 피터 버츠는 혈색이 좋은 금발의 남자로, 다소 통통하고 약간은 거만한 인상이다. 자수성가한 사람답게 깐깐하고 냉정한 성격이었고, 한때 부잣집 딸이었던 모리슨 부인과 달리 그는 가난한 집안 출신이었다. 하지만 이제 두 사람의 처지가 완전히 뒤바뀐 현실이 그에게는 무척 만족스러웠고, 그런 사실을 굳이 숨기려 하지도 않았다. 인정이 아주 없는 사람은 아니었지만, 눈치만큼은 전혀 없었다.

젊고 명랑하던 시절, 그녀는 버츠 씨의 청혼을 거의 장난스럽게 웃어넘기며 거절했다. 그리고 젊은 나이에 과부가 되었을 때, 그가 다시 한번 청혼했지만 이번에는 좀 더 부드럽게 거절했다. 그는 언제나 그녀의 친구였고, 그녀 남편의 친구이기도 했으며, 교회의 믿음직한 일원이었다. 지금은 비록 소액이지만, 그녀의 주택담보대출을 대신 떠안고 있었다. 처음에 그녀는 그 제안을 단호히 거절했지만, 그는 솔직하게 말했다.

"델리아 모리슨, 이건 당신을 사랑해서 하는 일이 아니오. 물론, 난 오래전부터 당신을 원했소. 그건 사실이오. 하지만 이건 전혀 다른 문제요. 집도 마찬가지요. 당신이 '절대 팔지 않겠다'고 말했지만, 이미 담보로 잡혀 있는 이상 상황은 언제든 달라질 수밖에 없소. 결국 언젠가 대출을 갚지 못하게 되면, 이 집은 내 것이 될 거요. 이해하겠소? 이 집을 지키는 방법은 단 하나요. 당신이 나를 받아들이는 거요. 제발 어리석게 굴지 말아요, 델리아. 이건 감정이 아니라, 정말 훌륭한 투자라오."

그녀는 결국 대출을 받았고 제때 이자를 갚아나갔다. 평생 하숙인을 두고 살아야 할지라도, 어떤 일이 닥치더라도 그녀는 결코 피터 버츠와 결혼하지 않으리라 단단히 마음먹었다.

그날 밤, 그는 여느 때처럼 쾌활한 얼굴로 다시 그 이야기를 꺼냈다.

"이제는 인정할 때가 되지 않았소, 델리아. 우리 그냥 이 집에서 함께 살면 되잖소. 뭐, 예전만큼 젊지는 않지만, 나도 그렇고. 그래도 자네는 여전히 훌륭한 살림꾼이지. 아니 오히려 더 나아졌지. 경험이 많으니까."

"정말 친절하시네요, 버츠 씨. 하지만 전 결혼할 생각이 없어요." 그녀가 차분히 말했다.

"당신 뜻이 어떤지는 잘 알아. 늘 분명했으니까. 당신은 원하지 않지만, 나는 원하오. 당신은 당신이 원하는 대로 목사님과 결혼했지. 훌륭한 분이셨지만, 이제 세상에 안 계시잖소. 그러니 이제 나와 결혼해도 되지 않겠소?"

"전 다시 결혼할 생각이 없습니다, 버츠 씨. 당신과도, 그 누구와도요."

"아주 점잖은 말이오, 델리아. 보기엔 참 그럴듯하지. 하지만 솔직히 말해 봐요. 왜 안 된다는 거요? 이제 자식들도 다 독립했으니. 더는 나를 피할 이유가 없잖소."

"그래요, 아이들은 다 각자 잘 지내고 있어요."

"아이들 중 누구랑 같이 살고 싶은 것도 아니잖소?"

"여기서 혼자 지내는 게 더 편하고 좋아요."

"바로 그거요! 하지만 그럴 수는 없지. 당신은 이 집에서 품위 있게 살고 싶겠지만, 현실은 그렇지 않잖소. 하숙인들을 들여 사는 게 나랑 함께 사는 것보다 나을 게 뭐 있소? 차라리 나와 결혼하는 게 낫지."

"난 당신 없이 이 집을 지키고 싶어요, 버츠 씨."

"당신 뜻이 어떤지는 나도 잘 알지. 하지만 그게 불가능하다는 것도 알잖소. 생각해 봐요, 당신 나이에, 돈 한 푼 없이, 이런 큰 집을 어떻게 유지하겠소? 달걀 팔고 텃밭에서 채소 몇 가지 길러서 평생 버틸 순 없잖소. 그걸로는 이자도 못 갚을 거요."

모리슨 부인은 미소를 띠며 차분하게 대답했다.

"어떻게든 해낼 수 있을지도 모르죠."

"이번 추수감사절로부터 2년 뒤면 대출 만기라는 거 알고

세 번의 추수감사절

있지 않소?"

"네, 잊지 않았어요."

"그럼 지금 나와 결혼해서 2년 치 이자를 아끼는 게 낫지 않겠소? 어차피 그때가 되면 이 집은 내 것이 될 텐데. 그래도 당신이 이 집을 지키는 건 마찬가지잖소."

"친절한 말씀 감사합니다, 버츠 씨. 하지만 그 제안은 사양하겠어요. 이자는 충분히 감당할 수 있으니까요. 그리고 아마 2년 안에는 원금도 갚을 수 있을 거예요. 큰돈은 아니니까요."

"그건 어디까지나 당신 생각이지. 2천 달러면 여자가 2년 안에 모으기엔 꽤 큰돈이오. 거기다 이자까지 말이오."

그는 어느 때보다도 활기차고 결연한 태도로 그녀의 집을 떠났다. 모리슨 부인은 그를 현관까지 배웅하며 미소를 지었지만, 그 눈빛에는 예전보다 한층 날카로운 기운이 어려 있었고 부드럽던 입매에는 단단한 결심이 어렸다.

며칠 뒤, 그녀는 아들 앤드루의 집에서 추수감사절을 보냈다. 앤드루와 그의 아내 애니는 진심으로 반가워하며 그녀를 맞이했고, 정성스레 마련한 '어머니 방'을 자랑스레 보여주었다. "이제 여길 집이라 생각해 주세요." 애니가 말했다.

그 방은 가로 3.5미터, 세로 4.5미터, 높이 2.4미터 남짓한 아담한 공간이었다. 창문이 두 개 있었는데, 하나는 빗자루를 내밀면 닿을 만큼 가까운 회색 외벽을 향해 있었고, 다른 하나는 고양이와 빨래, 그리고 아이들이 뛰노는 작은 마당을 내려다보았다. 창가 아래에는 가죽나무 한 그루가 서 있었고, 애니는 봄이 되면 그 나무에 얼마나 풍성한 꽃이 피는지를 자랑스럽게 이야기했다. 그러나 모리슨 부인은 그 향기를 무척 싫어했다. '11월엔 꽃이 피지 않으니 다행이야.' 그녀는 속으로 조용히 중얼거렸다.

앤드루의 교회는 그녀의 남편이 목회를 했던 교회와 무척 닮아 있었다. 앤드루의 아내는 목사 아내로서의 역할을 완벽히 해내고 있었고, 그곳에는 이미 빈틈이 없었다. 다시 말해, 그 교회 안에는 목사의 어머니가 들어설 자리가 없었다.

게다가 모리슨 부인은 남편을 도우며 해온 일들이 사실 자신이 진심으로 좋아한 일은 아니었다. 그녀는 사람들을 좋아했고, 모임을 꾸리고 이끄는 일도 즐겼지만, 교리나 신학에는 열정을 느끼지 못했다. 심지어 남편조차 그녀가 자신과 얼마나 다른 생각을 품고 있었는지 알지 못했다. 그녀는 그런 생각을 단 한 번도 입 밖에 낸 적이 없었다.

앤드루의 교회 사람들은 그녀에게 매우 정중했다. 그녀는 여러 행사에 초대받았고, 늘 보살핌을 받으며 언제나 노년의 부인들과 신사들 사이에서 자리를 지켰다. 그러면서 그녀는 자신이 더 이상 젊지 않다는 사실을 처음으로 뼈저리게 느꼈다. 그곳에는 젊은 시절의 자신을 떠올리게 할 만한 것들이 아무것도 없었다. 모든 배려와 친절은 오히려 그녀의 나이를 전제로 한 것이었다.

밤이 되면 애니가 다정하게 따뜻한 물주머니를 가져와 이불 속 발치에 넣어주었다. 모리슨 부인은 고맙다고 인사했지만, 애니가 방을 나가자마자 그것을 이불에서 꺼냈다. 넓고 바람이 잘 통하는 집에서 살아온 그녀에게 이 집은 너무 덥고, 숨이 막힐 듯 답답했다.

작은 식당, 가운데에는 작은 양치식물이 놓인 둥근 식탁이 있었다. 식탁 위에는 작은 칠면조 한 마리와, 그녀의 눈에는 마치 사냥용 칼처럼 보이는 작은 칼 세트가 가지런히 놓여 있었다. 모든 것이 낯설 만큼 작고 멀게 느껴졌다. 마치 오페라글라스를 거꾸로 들여다보는 듯한 기분이었다.

애니의 살림은 꼼꼼하고 세심했다. 그 안에 모리슨 부인이 끼어들 여지는 조금도 없었다. 교회에도, 분주하고 잘 정돈된 이 작은 마을에도, 그리고 집 안에서도 그녀가 설 자리는 없었다. 몸을 돌릴 틈조차 없다고 느꼈다. 도시의 아파

트에서 자라 좁은 공간에 익숙한 애니에게 이 집은 궁궐처럼 넓고 아늑했지만, 모리슨 부인은 웰컴하우스에서 나고 자란 사람이었다.

그녀는 일주일 동안 머물렀다. 언제나 상냥하고 점잖았으며, 대화에도 성의 있게 참여했고, 집안일에도 꾸준히 관심을 보였다.

"어머님은 정말 멋지세요." 애니가 앤드루에게 말했다.

"당신 어머니, 참 훌륭한 분이야." 교회 신도가 말했다.

"당신 어머님, 정말 귀여운 노부인이세요." 예쁜 소프라노가 덧붙였다.

하지만 이런 말을 들었던 앤드루는 어머니가 이번에도 결국 자신의 집으로 돌아가겠다고 말했을 때, 깊은 상처와 실망을 느꼈다.

"애야, 너무 마음 쓰지 말아라. 너희 곁에 있는 게 물론 좋지만, 난 내 집을 사랑하고 가능한 한 오래 지키고 싶단다. 너와 애니가 이렇게 잘 정착해서 행복하게 사는 모습을 보니, 그것만으로도 나는 정말 감사해."

"언제든 오시고 싶을 때 오세요, 어머니."

앤드루는 아무렇지 않은 듯 말했지만, 마음속 깊은 곳에서는 서운함을 감추지 못했다.

모리슨 부인은 소녀처럼 들뜬 마음으로 집에 돌아왔다. 샐리가 서둘러 문을 열려 하자, 그녀는 샐리의 손을 막고는 직접 열쇠를 꺼내 제 손으로 문을 열었다.

앞으로 2년 동안, 그녀는 자신과 샐리를 부양하며 피터 버츠에게 원금 2천 달러와 이자를 갚아야 했다. 그녀는 우선 자신이 가진 자산을 하나하나 점검하기 시작했다. 먼저 '하얀 코끼리' 같은 이 집. 너무 컸다. 지나치게 컸다. 가구도 너무 많았다. 남부 출신의 신사였던 아버지는 언제나 손님을 성대하게 맞이했기에, 침실마다 가구가 세트로 갖춰져 있었다. 집은 하숙을 치르느라 조금 닳고 낡았지만, 여전히 넓고 쓸 만한 공간이었다. 그러나 그녀는 하숙을 싫어했다. 하숙인들은 낯선 사람들이었고, 외부인이었으며, 마치 집 안으로 스며든 침입자 같았다. 그녀는 다락에서 지하실까지, 정문에서 뒤뜰 울타리까지 꼼꼼히 살펴보았다.

정원에 눈길이 머물렀다. 거기엔 무언가 가능성이 있었다. 그녀는 정원을 사랑했고, 가꾸는 일에도 자신이 있었다. 그녀는 땅의 길이를 재고, 면적을 계산하며 혼잣말을 중얼거렸다.

"이 정원이라면 닭도 몇 마리 키우면서 우리 둘이 먹고살 순 있겠어. 남는 건 팔아서 샐리 월급도 주고, 잼을 넉넉히 만들어 팔면 석탄값도 될 거야. 옷은… 필요 없지. 아직 멀쩡하니까. 그래, 어떻게든 해낼 수 있어. 살 수 있겠어. 하지만… 2천 달러에 이자라니!"

넓은 다락방에는 가구가 더 있었다. 어머니가 젊은 시절 새 가구를 들일 때마다 치워 두었던, 사치스러울 만큼 호화로운 가구들이었다. 그리고 셀 수 없이 많은 의자들. 웰컴 상원의원, 그러니까 그녀의 아버지는 자주 정계 인사들을 집으로 초대하곤 했다. 손님들이 오면 두 개의 응접실 문을 활짝 열어 하나로 이어 붙이고, 빽빽이 접이식 의자들을 늘어놓았다. 아버지는 지하실에서 가져온 임시 연단 위에 올라서서 연설을 시작했다. 청중들은 다닥다닥 줄지어 놓인 의자에 앉아 있었는데, 그 의자들이 종종 제멋대로 접히는 바람에 손님들은 새빨간 얼굴로 바닥에 나자빠지곤 했다.

그녀는 생기 넘쳤던 그날들과 눈부셨던 밤들을 떠올리며 길게 한숨을 내쉬었다. 어린 시절, 그녀는 분홍색 가운을 걸치고 몰래 아래층으로 내려가 아버지의 연설 장면을 지켜보곤 했다. 아버지는 중요한 대목마다 발끝으로 몸을 들어 올렸다가, 굵직한 발뒤꿈치를 내려찍으며, 한 손바닥으로 다른 손바닥을 힘차게 내리쳤다. 그 박동 같은 리듬에 청중의 박수가 터져 나왔고, 방 안 가득 울려 퍼지는 그 소리에 어린 그녀의 가슴은 두근거렸다.

그때 쓰던 의자들이 지금 이곳에 있었다. 결혼식이나 장례식, 교회 행사 때마다 빌려 나갔던 그 의자들이다. 지금은 낡고 삐걱거리는 것도 많지만, 여전히 수백 개가 남아 있었다. 그녀는 잠시 그것들을 바라보다, 이 의자를 다 팔아도 돈은 얼마 되지 않겠다고 생각했다.

이번에는 리넨실로 향했다. 침구류도, 수건도, 냅킨과 식탁보도 모두 넉넉했다. 예전에도 자랑할 만한 품질이었고, 샐리가 늘 정성껏 세탁해 두었기에 수많은 하숙인이 거쳐갔어도 여전히 멀쩡했다. 그녀는 그 앞에서 생각에 잠겼다. 호텔을 열면 어떨까 하는 생각이 잠시 스쳤지만, 곧 고개를 저었다. 그럴 수는 없었다. 게다가 이 마을엔 새로운 호텔이 필요하지도 않았다. 불쌍한 해스킨스 하우스만 봐도 알 수 있었다. 그곳은 언제나 손님이 없었다.

그다음은 찬장 속 식기류였다. 당연히 다른 물건들보다 깨지고 닳은 게 많았지만, 그녀는 꼼꼼하게 목록을 작성했다. 교회 행사 때마다 쓰던 수많은 찻잔들. 그것이 특히 문제였다. 값비싼 건 아니었지만 끔찍할 만큼 많은 수량이 그녀를 질리게 했다.

모리슨 부인은 모든 자산 목록을 정리한 뒤, 침착하면서도 대담한 마음으로 그것들을 살폈다. 호텔이나 하숙집 외에는 뚜렷한 대안이 떠오르지 않았다. 그러다 문득 '학교'라는 단어가 스쳤다. 여학교, 그것도 기숙학교였다. 수입도 안정적이고, 의미 있는 일이 될 수 있을 듯했다. 처음엔 그 생각이 아주 훌륭하게 느껴졌다. 그녀는 몇 시간 동안 종이와 잉크를 아낌없이 쓰며 세세한 계획을 세웠다. 그러나 곧 현실을 깨달았다. 홍보를 하려면 자본이 필요했고, 교사를 고용해야 했으며, 그것은 결국 새로운 빚을 뜻했다. 게다가 학교 설립까지는 많은 시간이 필요했다.

완고하고 집요하며, 부담스러울 정도로 다정한 피터 버츠는 부인에게 시간을 주지 않을 사람이었다. 그는 그녀를 위한다는 명목 아래, 사실은 자신을 위해 그녀와 결혼하려 했다. 모리슨 부인은 어깨를 으쓱하고 몸을 떨었다. 피터 버츠와 결혼이라니, 절대 안 돼. 그녀는 여전히 남편을 사랑하고 있었다. 언젠가 신의 뜻이 허락한다면, 그와 다시 만나게 되리라 믿었다. 그리고 그때 이렇게 말하고 싶지는 않았다. 자신이 쉰 살에 피터 버츠와 결혼했다고.

그녀는 차라리 앤드루와 함께 사는 편이 낫겠다고 생각했다. 그러나 막상 앤드루 집에서의 삶을 떠올리자 다시금 몸서리가 쳐졌다. 그녀는 계산서와 자산 목록을 밀쳐 두고, 우아한 자세로 일어서서 거실을 천천히 걸었다. 걸을 수 있는 바닥은 여전히 넓었다. 깊은 생각에 잠긴 그녀는 마을과 그곳 사람들, 주변의 농가들 그리고 자신이 좋아하고 또 자신을 좋아해 주던 수많은 여인들을 떠올렸다.

사람들은 한결같이 말했다. 웰컴 상원의원에게는 적이 없었다고. 낯선 이들 중에는 그것을 미덕이 아니라 나약함으로 보는 사람도 있었지만, 그런 말을 그의 딸 앞에서 하는 이는 아무도 없었다. 모리슨 부인은 누구에게나 친절했고, 언제나 따뜻했다. 아버지가 여는 호화로운 연회에서 마을 사람들은 모두 그의 딸을 알고 있었고, 남편의 교회에서도 그녀는 주변 시골의 많은 여인들과 친분을 쌓았다. 그녀의 생각은 자연스레 그 여인들에게로 향했다. 대부분 편안하고 소박하게 사는 농부의 아내들이었고, 그녀는 그들이 느끼는 외로움과 교류에 대한 갈망, 그리고 일상 속의 소소한 기쁨을 누구보다 잘 이해하고 있었다. 남편이 살아 있을 때, 그녀는 그 여인들을 집으로 초대해 함께 배우고 이야기하며 웃는 시간을 진심으로 즐겼다.

그녀는 높은 천장의 거실 한가운데서 갑자기 걸음을 멈췄다. 그리고 마치 승리한 여왕처럼 고개를 높이 들어 올렸다. 사랑하는 벽을 향해 찬란한 시선을 던진 뒤, 곧장 책상으로 돌아가 열정적으로, 빠르게, 밤이 깊도록 무언가를 써 내려갔다.

얼마 지나지 않아 마을 전체가 술렁이기 시작했다. 울타리 너머로 해바라기 모자를 쓴 여인들이 속삭였고, 정육점 수레와 행상인의 마차가 그 소문을 더 멀리 퍼뜨렸다. 집집마다 모여든 부인들의 이야기 주제는 오직 하나였다.

모리슨 부인이 손님을 초대한 것이다. 그녀는 시카고에서 온 이자벨 카터 블레이크 부인을 맞이하기 위해 마을의 거의 모든 여성을 초대한 듯했다. 해들턴에서도 이자벨 카터 블레이크라는 이름은 이미 잘 알려져 있었다. 그녀는 해들턴 사람들조차 존경하지 않을 수 없는 인물이었다.

이자벨 카터 블레이크는 전 세계적으로 이름을 떨친 여성이었다. 아이들을 위한 공익 활동과 아동 보호 운동으로 명성을 얻었다. 여섯 아이를 사랑과 지혜로 훌륭히 키워낸 어머니로, 또 남편에게 안정되고 행복한 가정을 안겨준 아내로 존경받았다. 최근에는 온 나라를 떠들썩하게 한 인기 소설의 작가로도 이름을 알렸고, 한 저명한 이탈리아 백작 부인과의 우정으로도 세간의 주목을 받았다.

모리슨 부인을 누구보다 잘 안다고 믿는 사람들이 퍼뜨린 소문에 따르면, 그 저명한 백작 부인도 함께 온다고 했다.

그제야 사람들은 델리아 웰컴이 이자벨 카터와 같은 학교 출신이며 평생 친구였다는 사실을 알게 되었고, 그 사실 하나만으로도 마을 전체가 떠들썩했다.

드디어 그날이 왔다. 손님들은 물밀듯 몰려들었고, 수백 명의 여인들이 그녀의 집으로 찾아왔다. 그러나 그 넓고 하얀 집은 모두를 품을 만큼 충분히 컸다.

그리고 꿈같은 일이 일어났다. 정말로 그 백작 부인이 온 것이었다. 흥분한 사람들은 그녀를 만나 평생 잊지 못할 인상을 받았다. 이날의 기억은 세월이 흘러도 찬란하게 되살아날 것이다. 이자벨 카터 블레이크 부인과 백작 부인이라니, 그야말로 믿기 어려운 영광이었다.

더 놀라운 것은, 모리슨 부인이 그 두 여인에게 결코 뒤지지 않았다는 사실이었다. 그녀는 외국의 귀빈을 대할 때조차 오랜 친구를 맞이하듯 품위 있고 자연스러웠다. 그날, 사람들은 비로소 그녀가 지닌 고유한 품격과 기품을 새삼 깨달았다.

모리슨 부인이 입을 열었다. 맑고 단정한 목소리가 웅성거림을 가르자, 순간 방 안이 고요해졌다.

"모두 동쪽 방으로 가실까요? 의자를 하나씩 들고 이동하시면, 블레이크 부인이 여러분에게 말씀해 주실 겁니다. 그리고 아마 그분의 친구인… ."

사람들은 약간의 긴장과 설렘이 뒤섞인 얼굴로 접이식 의자에 앉았다.

그렇게 모인 자리에서 위대한 블레이크 부인은 잊을 수 없는 연설을 했다. 그녀 옆에는 파리풍 의상을 곱게 차려입은 위엄 있는 백작 부인이 앉아 있었다. 블레이크 부인은 자신이 헌신하고 있는 일과 그것이 여성 단체들의 도움으로 어떻게 확장되고 있는지를 이야기했다. 그녀는 각 지역의 여성 클럽과 그 모임들이 만들어 내는 활력 그리고 여성들이 함께 배우고 성장하며 서로에게 힘이 되어주는 모습을 열정적으로 묘사했다. 그녀의 말은 설득력 있고 감동적이었으며, 무엇보다 듣는 이들의 마음을 환하게 밝히는 힘이 있었다.

"이 마을에도 여성 클럽이 있나요?"

그녀가 묻자, 모두가 고개를 저었다.

"아직 없군요. 하지만 만드는 데는 오랜 시간이 걸리지 않아요."

블레이크 부인은 미소를 띠며 말했다.

그녀의 연설만으로도 충분히 인상적이었지만, 그날의 진짜 하이라이트는 백작 부인의 연설이었다.

"저도 미국인입니다."

백작 부인은 고요하면서도 힘 있는 목소리로 말을 이었다.

"이곳 미국에서 태어나 영국에서 자랐고, 이탈리아에서 결혼했지요."

그녀는 유럽 전역의 여성 단체와 협회들이 이뤄낸 성과를 생생하게 전하며, 듣는 이들의 마음을 깊이 울렸다. 곧 고국을 떠나 다시 유럽으로 돌아갈 예정이라며, 이번 미국 방문이 자신에게 얼마나 값지고 지혜로운 시간이었는지를 이야기했다. 그리고 마지막으로 이렇게 덧붙였다.

"저는 이 아름답고 고요한 마을을 오래도록 기억하겠습니다. 언젠가 다시 이곳을 찾게 된다면, 이 마을 역시 '공공선을 위해 손을 맞잡은 여성들의 위대한 자매회'의 일원으로 함께하고 있기를 바랍니다."

정말 잊지 못할 행사였다.

백작 부인은 다음 날 떠났지만, 블레이크 부인은 며칠 더 머물며 교회 모임과 여러 모임에서 연설을 이어갔다. 그녀의 제안은 언제나 현실적이고 실용적이었다.

"이 마을에 꼭 필요한 건 '휴식과 성장 클럽'이에요. 여러분은 장을 보러 마을에 오지만, 쉴 만한 곳이 없잖아요. 피곤할 때 누울 곳도, 친구를 만날 곳도, 점심을 편히 먹을 곳도 없어요. 머리를 손질할 공간조차 없죠. 필요한 건 아주 단순해요. 조직을 만들고, 조금씩 회비를 모으고, 여러분이 원하는 공간을 스스로 마련하면 되는 거예요."

질문과 의견이 쏟아졌다. 찬성하는 이도 있었지만, 신중한 목소리도 많았다.

"누가 책임질 건가요?"

"어디가 적당한 장소죠?"

"관리인을 따로 둬야 하지 않나요?"

"주 1회만 쓸 텐데, 비용이 너무 들겠어요."

블레이크 부인은 여전히 침착하고 실용적인 태도로 또 다른 제안을 내놓았다.

"활동과 즐거움을 함께 누릴 방법이 있어요. 이 마을에서 가장 좋은 집을 활용해 보세요. 모리슨 부인께서 이 넓은 집의 일부를 빌려주신다면 어떨까요? 이 집은 혼자 살기엔 너무 크잖아요."

이윽고 변함없이 단정하고 다정한 모리슨 부인이 자리에서 일어섰다. 그녀는 많은 이들의 시선을 받으며 미소를 지었다.

"저도 곰곰이 생각해 봤어요. 블레이크 부인과 상의도 했고요. 제 집은 여러분 모두를 맞이하기에 충분히 넓어요. 저는 그저 여러분이 즐겁게 오가며 지내시길 바랄 뿐이에요. 그러니 이렇게 해보면 어떨까요? 여러분이 말씀하신 '휴식과 성장 클럽'을 정말로 만드세요. 제 응접실은 어떤 모임이라도 열 수 있을 만큼 넓고, 쉬고 싶은 분들을 위한 방도 많답니다. 여러분이 그런 클럽을 만드신다면, 제 큰 집을 기꺼이 내어드릴게요. 많은 친구들을 자주 볼 수 있다면 저야말로 기쁠 테니까요. 그리고 여러분이 다른 방법으로 공간을 마련하는 것보다 훨씬 합리적인 조건으로 이용하실 수 있을 거예요."

그러자 블레이크 부인은 실제 사례와 구체적인 수치를 들어 설명했다. 클럽 회관을 새로 짓는 데 얼마나 많은 비용이 드는지, 그리고 이런 방식으로 하면 얼마나 비용을 줄일 수 있는지를 계산해 보였다.

"여성들 대부분은 돈이 많지 않다는 걸 잘 알아요. 그리고 설령 돈이 조금 있다 해도, 자기 자신을 위해 쓰는 걸 무척 꺼리죠. 하지만 각자가 아주 조금씩만 내도, 이걸 모으면 큰 힘이 돼요. 여기 있는 사람 열 명 중에 일주일에 10센트도 못 낼 만큼 가난한 사람은 한 명도 없을 거예요. 백 명이 모이면 10달러가 되죠. 모리슨 부인, 그 돈으로 백 명의 고단한 여성들을 대접할 수 있을까요?"

모리슨 부인이 다정하게 미소 지으며 말했다.

"닭고기 파이까지는 어렵겠지만, 차와 커피, 크래커와 치즈 정도는 충분히 대접할 수 있을 거예요. 게다가 조용히 쉴 수 있는 방, 책을 읽을 공간 그리고 모임을 열 수 있는 장소도 마련할 수 있겠죠."

블레이크 부인은 재치와 열정으로 그 자리에 모인 사람들을 완전히 사로잡았다. 그녀는 웰컴하우스의 일부 공간을 활용해 샐리 아주머니가 내오는 따뜻한 차와 커피를 즐기며, 함께 모여서 이야기하고 쉴 수 있는 곳을 마련해 보자고 제안했다. 일주일에 10센트를 내고 그런 공간을 이용할 수 있다면, 그보다 더 좋은 계획은 없을 것이라고 했다. 그리고 현실적인 성향의 모리슨 부인은 그들의 열정이 식기 전에, 지금 바로 그 제안을 실행에 옮기는 게 좋을 것이라고 덧붙였다.

이자벨 카터 블레이크 부인이 해들턴을 떠나기도 전에, 마을에는 이미 크고 활기찬 여성 클럽이 생겨 있었다. 우편 요금과 문구비를 제외한 모든 경비는 회원 한 사람당 주당 10센트씩 모리슨 부인에게 지불하는 방식으로 충당되었다. 모두가 기꺼이 가입했고, 창립 회원이 되려는 사람들로 초기 인원은 순식간에 마감되었다.

그리하여 매주 수백 명의 회원들로부터 모리슨 부인에게 적은 돈이 납부되었다. 한 사람 한 사람으로 보면 적은 액수였지만, 이게 모이니 놀랄 만큼 빠르게 불어났다. 차와 커피는 대량으로, 크래커는 통 단위로, 치즈는 덩어리째 사면 사치가 아니라 실속이었다. 게다가 마을에는 모리슨 부인의 옛 주일학교 제자들이 많았고, 그들은 좋은 물건을 원가로 제공하며 그녀를 도왔다.

일은 많았고 신경 쓸 일도 적지 않았지만, 그 일은 그녀가 평생 쌓아온 외교적 실무 감각과 재치를 마음껏 발휘할 수 있는 무대였다. 토요일이면 웰컴하우스는 사람들로 가득 찼고, 일요일이면 그녀는 침대에 누워 휴식을 취했다. 그러나 피로 속에서도 그녀는 행복했다.

분주하면서도 희망으로 가득 찬 한 해가 순식간에 지나갔다. 그해 추수감사절, 모리슨 부인은 진의 집을 찾았다.

진이 내준 방은 앤드루의 집에서 지냈던 방과 크기는 거의 같았지만, 한 층 더 위에 있었고 천장은 사선으로 기울어 있었다. 모리슨 부인은 희끗해진 머리카락을 쓸어올리며 혼란스러운 표정으로 고개를 매만졌다. 그리고 잠시 후, 다시 결심을 굳히듯 고개를 힘주어 저었다.

집 안은 아이들로 가득했다. 작은 조는 이제 제법 걸음마를 하며 손에 닿는 모든 것을 뒤집어 놓았고, 쌍둥이도 있었으며, 막 태어난 아기도 있었다. 하녀는 한 명뿐이라 매일 지쳐 있었고, 늘 신경이 곤두서 있었다. 급료가 싼 유모는 터무니없이 서툴러 거의 도움이 되지 않았다.

진은 분명 행복했다. 하지만 동시에 늘 피곤했고, 마음속은 기쁨과 걱정 그리고 사랑으로 뒤섞여 있었다. 아이들과 남편이 자랑스러웠고 무엇보다 어머니와 자신의 일상을 함께 나눌 수 있음에 진심으로 감사했다.

진은 시간 가는 줄 모른 채 아이들을 돌보는 이야기, 작은 희망들, 그리고 일상의 사소한 일들에 대해 떠들썩하게 이야기했다. 그동안 모리슨 부인은 검은 실크 드레스를 곱게 차려입고, 키 크고 단정한 모습으로 아기와 쌍둥이를 번갈아 안아주었다. 그러나 그 고운 실크 드레스는 일주일이 지나자 이미 닳고 해져 있었다.

조도 그녀와 여러 이야기를 나누었다. 그는 자신의 사업이 얼마나 잘되어 가는지, 앞으로 더 많은 자본이 필요하다는 이야기를 하며, 진을 위해 함께 지내 달라고 부탁했다. 진에게 큰 도움이 될 거라며, 집에 관한 질문도 이것저것 물었다.

이곳에서는 해야 할 일도, 찾아올 사람도 거의 없었다.

진은 아이들을 두고 외출할 수 없었고, 다른 집들 역시 아이들로 지쳐 있는 어머니들로 가득했다. 그래서 방문객이 드물었다. 가끔 이웃이 찾아오면, 모두가 모리슨 부인을 세련되고 매력적인 사람이라고 칭찬했다. 그녀가 그들을 어떻게 느꼈는지는 아무도 알 수 없었다. 일주일이 지나자 모리슨 부인은 다정한 미소를 지으며 딸에게 작별 인사를 건넸다.

"잘 있거라. 너희가 행복해서 정말 기쁘구나. 두 사람 모두에게 고맙다."

그녀는 그렇게 말했지만, 마음속으로는 집에 돌아갈 수 있다는 사실에 훨씬 더 깊이 고마워했다.

버츠 씨는 굳이 이자를 직접 받으러 오지 않아도 되었지만, 어김없이 모습을 드러냈다.

"델리아, 도대체 돈을 어디서 마련했소? 클럽 부인들한테 쥐어짠 건 아니겠지?"

모리슨 부인은 담담하게 미소 지으며 대답했다.

"당신의 이자는 아주 적당해서 생각보다 감당하기가 쉬워요. 혹시 콜로라도의 평균 이자율이 얼마인지 아세요? 거긴 여성들에게 투표권도 있대요."

그녀의 이 한마디에 버츠 씨는 별다른 소득 없이 돌아갔다. 자신의 두 가지 목표인 집과 청혼 모두에서 아무런 진전도 이루지 못한 상태였다.

"1년이에요. 델리아. 그땐 받아들여야 할 거요."

"1년이라…."

그녀는 혼잣말처럼 되뇌며, 자신이 선택한 일을 활기차게 계속해 나갔다.

그녀가 운영하는 사업의 재정 구조는 단순했다. 그러나 그 단순함이 완벽히 작동할 수 있었던 것은 전적으로 그녀의 능숙한 경영 덕분이었다. 시골 여성들에게 '연간 5달러'는 부담스러운 금액이지만, '주당 10센트'라면 가장 가난한 이들도 감당할 수 있는 금액이었다. 회비를 걷는 일도 번거롭지 않았다. 회원들이 직접 찾아와 냈고, 받는 쪽의 불편함도 없었다. 오래된 충직한 하녀 샐리가 차를 내올 때마다, 손님 앞에는 언제나 현금 상자가 놓였기 때문이다.

토요일이면 큰 찻주전자가 끓고, 수많은 찻잔이 보기 좋게 늘어섰다. 여성들은 줄을 서서 차를 한 잔씩 받아 들고 10센트를 남기고 갔다. 그녀에게 가장 중요한 일은 회원 수를 늘리고 출석률을 유지하는 것이었는데, 바로 그 부분에서 모리슨 부인의 재능이 가장 빛났다.

모리슨 부인은 언제나 차분하고 명랑했으며, 눈에 띄지 않게 부지런했다. 타고난 정치가처럼 계획을 세우고, 실무

자처럼 실행하며 일에 온 마음을 쏟았다. 그녀는 일에서 생기를 얻었고, 그녀의 손에서 '해들턴 휴식과 성장 클럽'은 빠르게 성장했다. 남자아이들을 위한 모임은 헛간 위층의 큰 방에서 열렸고, 소녀 클럽, 독서 클럽, 연구 모임 등 다양한 모임이 생겨났다. 교회 밖에서 열리던 모임들뿐 아니라, 예전엔 교회 안에서만 가능했던 모임들까지 하나둘 웰컴하우스로 옮겨왔다.

모든 모임에는 언제나 차와 커피, 크래커와 치즈가 제공되었다. 간소하지만 늘 정성스러운 다과였다. 참석자들은 각자 10센트를 작은 현금 상자에 넣었다. 회원들은 주마다 찾아왔고, 새로운 활동이 이어지며 흥미가 식을 틈이 없었다. 첫 여섯 달이 지나기도 전에 '해들턴 휴식과 성장 클럽'의 회원 수는 500명에 이르렀다.

500명이 매주 10센트씩 내면, 연간 2,600달러가 모였다. 그 돈으로 새 건물을 짓거나 빌리고, 500명의 회원에게 의자와 소파, 책과 잡지, 식기와 음식을 제공하기엔 턱없이 부족한 금액이었다. 그러나 이미 모든 것이 완벽히 갖춰진 웰컴하우스가 있었고, 관리인과 하녀도 있었기에 상황은 달라졌다. 그 돈은 이제 모임을 꾸려 가는 데 실질적인 힘이 되었다.

모리슨 부인은 토요일마다 반나절 동안 일할 도우미 두 명을 각각 50센트씩 주고 고용했다. 잡지 구독에는 연 50달러, 연료와 조명, 잡비에는 100달러 정도를 썼다. 그리고 합의된 간소한 식사로 참석자들을 대접하는 데에는 한 사람당 4센트 정도면 충분했다.

　그녀는 행사 준비와 교류 유지, 새로 생기는 여러 비용을 모두 감당하면서도 첫해가 끝날 무렵에는 이자 비용을 갚고도 순이익 1,000달러를 남겼다. 모리슨 부인은 평온한 미소를 띤 채, 침대 머리맡 벽 속에 숨겨진 작은 금고를 열었다. 그 안에는 가지런히 쌓인 지폐 더미가 고요히 놓여 있었다. 샐리조차 그 금고의 존재를 알지 못했다.

　두 번째 해는 첫해보다 더 좋았다. 물론 크고 작은 문제들이 있었고, 때로는 소동과 약간의 반대도 있었지만, 그녀는 모든 일을 빈틈없이 마무리했다. '이제 사람들 마음에 들기만 하면, 저절로 몰려들 거야.' 그녀는 속으로 그렇게 중얼거리며 미소를 지었다. 그해에도 모든 비용을 충당하고, 이자까지 완납했음에도, 자신의 이름으로 된 계좌에 현금이 여전히 넉넉히 남아 있었다.

　그녀는 아들과 딸에게 편지를 써서, 가족 모두를 추수감사절에 집으로 초대했다. 편지의 마지막 문장에는 짧고도 다정하게 '여비는 동봉했다.'라고 적었다.

자식들이 모두 왔다. 아이들과 유모 두 명까지 데리고. 웰컴하우스는 그들을 맞이하기에 충분히 넓었다. 긴 마호가니 식탁 위에는 풍성한 음식이 차려졌고, 샐리는 붉은색과 보라색이 섞인 옷차림으로 바쁘게 움직였다. 모리슨 부인은 여왕처럼 품위 있게 커다란 칠면조를 썰었다.

"어머니, 클럽 회원들로 집이 꽉 찬 줄 알았는데 그렇진 않네요."

진이 웃으며 말했다.

"추수감사절이잖니. 다들 자기 집에서 보내고 있겠지. 나처럼 자기 집을 사랑하고, 그 집에 감사하며 지내길 바랄 뿐이란다."

모리슨 부인은 고요히 웃었다.

그날 저녁, 버츠 씨가 찾아왔다. 모리슨 부인은 언제나처럼 차분하고 품위 있게 그를 맞았다. 그녀는 이자와 함께 원금을 그에게 내밀었다.

버츠 씨는 순간 그 돈을 받기가 망설여졌지만, 손은 이미 파란 수표를 단단히 쥐고 있었다.

"은행 계좌가 있는 줄은 몰랐소."

그가 의심스러운 눈빛으로 말했다.

"있죠. 수표는 문제없이 처리될 거예요, 버츠 씨."

"대체 이 돈을 어떻게 마련했소? 설마 그 클럽 회원들한테 뜯어낸 건 아니겠지?"

"걱정해 주셔서 감사해요, 버츠 씨. 늘 친절하시네요."

"당신 친구들이 빌려준 돈일 텐데, 그렇다면 앞으로도 당신 사정이 나아질 리 없을 거요."

"버츠 씨, 좋은 돈으로 싸우지 말고 우리 좋은 마음으로 작별해요."

그들은 그렇게 서로 미소를 지으며 헤어졌다.

장 구르동의 가을

Les quatre journées de Jean Gourdon,
Automne

에밀 졸라(Émile Zola, 1840~1902)

프랑스 파리 출신. 자연주의 문학의 대표 작가이자 언론인, 비평가. 드레퓌스 사건 당시 정부의 반유대주의와 사법부의 부당함을 공개적으로 비판하며 지식인의 상징이 되었다. 《목로주점》, 《나나》, 《제르미날》 등 사실적 묘사와 사회 문제 의식이 결합된 그의 문학은 이후 유럽 자연주의 문단과 사회참여 리얼리즘에 지대한 영향을 끼쳤다.

―

 내가 라자르 삼촌의 작은 교회에서 바베와 결혼한 지도 어느덧 열다섯 해가 되어 가고 있었다. 우리는 사랑하는 이 골짜기에서 행복을 찾고자 했다. 나는 농부가 되었고, 한때 나의 첫사랑이던 뒤랑스강은 이제 내 밭을 살찌우고 비옥하게 만들어 주는 어머니 같은 존재가 되었다. 새로운 농법을 조금씩 도입하면서, 나는 이 고장의 부유한 농장주 중 한 사람으로 성장해 갔다.

 아내의 부모님이 돌아가신 뒤, 우리는 강가를 따라 이어진 참나무 길과 푸른 초원을 사들였다. 그 땅 위에 작은 집을 지었으나 오래지 않아 그 집은 우리가 살기에 너무 작아져 버렸다. 해마다 이웃의 밭을 조금씩 더 사들였고, 우리의 창고는 풍성한 수확으로 가득 차 늘 비좁았다.

 처음 열다섯 해는 평온하고도 행복했다. 그 세월은 고요한 기쁨 속에서 흘러갔고, 내 안에는 끊이지 않는 평화로운 행복의 기억만이 남아 있다.

 라자르 삼촌은 꿈을 이루었다. 그는 은퇴 후 우리 집에서 함께 살게 되었고, 늙은 나이 탓에 이제는 아침에 기도책을 읽을 힘조차 남지 않았다. 그는 이따끔 자신이 사랑하던 교회를 그리워했지만, 대신 새로 부임한 젊은 부제 신부를 찾아가는 걸로 위로를 삼았다. 해가 뜨면 자신이 머무는 작은 방에서 내려와 나와 함께 들판으로 나가곤 했다. 들판의 강한 흙내와 바람 속에서 그는 젊은 날의 기운을 되찾은 듯 활짝 웃었다.

단 하나의 슬픔만이 가끔 우리를 한숨짓게 했다. 우리를 둘러싼 그 풍요로움 속에서도 바베는 끝내 아이를 갖지 못했다. 우리 셋은 서로 사랑하며 살고 있었지만, 어떤 날은 너무나 적막하게 느껴졌다. 우리는 다리 사이로 기어다니며 귀찮게 굴고, 또 다정히 매달리기도 하는 작은 금발의 아이를 간절히 원했다.

삼촌은 조카의 아이를 보기 전에 죽을까 봐 몹시 두려워했다. 그는 마치 아이로 돌아간 듯, 바베가 자신에게 함께 놀아 줄 친구를 주지 않는다고 서운해했다. 그러던 어느 날, 아내가 조심스레 우리가 곧 네 식구가 될지도 모른다고 고백했을 때, 나는 사랑스러운 삼촌이 새하얀 얼굴로 울음을 참으며 서 있는 모습을 보았다. 그는 벌써 세례식을 떠올리며, 아직 태어나지도 않은 아이를 마치 서너 살짜리라도 되는 듯 이야기했다.

그 후 몇 달은 다정함 속에서 차분히 흘러갔다. 우리는 서로 낮은 목소리로 이야기하며 누군가를 기다렸다. 나는 더이상 바베를 평범하게 사랑하지 않았다. 그녀를 두 손 모아 경배하듯 사랑했다. 그녀를 위해, 그리고 아이를 위해.

위대한 날이 다가오고 있었다. 나는 그르노블에서 산파를 불러들였다. 그녀는 아예 농장을 떠나지 않고 머물러 있었다. 삼촌은 끔찍할 정도로 초조해했다. 이런 일에는 문외한인 그는 결국 나에게 자신이 신부가 된 것은 잘못이었다며, 의사가 되지 못한 것을 몹시 후회한다고 털어놓았다.

9월의 어느 아침, 여섯 시 무렵이었다. 나는 아직 잠들어 있는 바베의 방에 들어섰다. 그녀의 미소 어린 얼굴이 하얀 베개 위에 평온하게 놓여 있었다. 나는 숨을 죽이고 몸을 굽혔다. 하늘이 내게 모든 축복을 내려준 듯했다. 문득 한여름의 그날, 뜨거운 먼지 속에서 땀에 젖어 힘겹게 일하던 내 모습이 떠올랐고, 동시에 내 주위를 감싸는 노동의 평안함과 행복의 고요함을 느꼈다. 내 사랑스러운 아내는 커다란 침대 한가운데서 복숭앗빛 얼굴로 평화롭게 잠들어 있었다. 방 안 곳곳에는 우리가 함께 보낸 열다섯 해의 다정한 세월이 고스란히 배어 있었다.

나는 조심스레 바베의 입술에 입을 맞추었다. 그녀가 눈을 뜨더니 말없이 미소 지었다. 나는 미칠 듯이 그녀를 끌어안고 가슴에 꼭 품고 싶었지만, 요즘은 손을 살짝 잡는 것조차 두려웠다. 그녀가 너무나 연약하고, 무척 신성하게 느껴졌기 때문이다.

나는 침대 끝에 앉아 낮은 목소리로 물었다.

"오늘인가요?"

바베가 고개를 저으며 부드럽게 웃었다.

"아니요, 아직 아닌 것 같아요. 꿈을 꿨어요. 아들을 낳았는데, 어느새 훌쩍 커서 사랑스러운 까만 콧수염이 나 있더군요…. 라자르 삼촌도 어제 같은 꿈을 꿨다고 했어요."

"난 매일 밤 꿈에서 아이를 봐요. 여자아이예요…."

그 말을 내뱉는 순간, 실언을 했다는 걸 깨달았다. 바베가 벽 쪽으로 몸을 돌리며 울음을 참는 모습을 보고서야, 내 말이 얼마나 어리석었는지 알았다. 서둘러 말을 고쳤다.

"아, 여자아인지는 잘 모르겠어요. 아주 작은 아이인데, 하얗고 긴 옷을 입고 있더군요. 아마도 사내아이겠죠."

바베는 미소를 지으며 내게 입을 맞추고는 부드럽게 말했다.

"포도밭 수확을 보러 가세요. 오늘 아침은 마음이 한결 편해요."

"혹시 무슨 일이 생기면 꼭 알려줄 거죠?"

"그럼요, 그럼요…. 그런데 갑자기 피곤하네요. 좀 더 잘게요. 게으르다고 흉보지는 말아요…."

그녀는 그렇게 말하고 눈을 감았다. 얼굴에는 나른한 평온과 다정함이 깃들어 있었다. 나는 그녀의 부드러운 숨결을 느끼며 한동안 그대로 있었다. 그녀는 미소를 머금은 채 천천히 잠이 들었다. 나는 그녀의 손에서 내 손을 조심스레 빼냈다. 무척 조심해야 하는 일이었기에 제법 시간이 걸렸다. 그리고 그녀의 이마에 살짝 입을 맞춘 뒤 벅찬 마음으로 방을 나왔다. 마당으로 내려가니 라자르 삼촌이 걱정스러운 눈빛으로 바베의 창문을 바라보고 있었다.

삼촌이 나를 보자마자 물었다.

"오늘인가?"

삼촌은 지난 한 달 동안 매일 아침, 이 말을 되풀이했다.

"오늘은 아닌 것 같아요. 포도 수확하러 가요."

삼촌은 지팡이를 챙겼고, 우리는 함께 참나무 길을 따라 내려갔다. 길이 끝나는 지점, 뒤랑스강이 내려다보이는 테라스에 이르러, 발걸음을 멈추고 골짜기를 바라보았다.

옅은 하늘엔 작은 흰 구름이 부드럽게 떨리고 있었다. 태양은 금빛 머리카락 같은 빛줄기를 뿌리며, 성숙한 들판 위에 금가루처럼 반짝이는 빛을 흘려보냈다. 여름의 강렬한 명암은 사라지고, 넓게 번진 노란빛이 온 세상을 덮고 있었다. 곳곳의 나뭇잎들은 검은 흙 위에서 커다란 금빛 조각처럼 빛났고, 강은 한결 느리게 흘렀다. 한 계절 동안 들판을 적시며 생명을 키웠던 피로 때문인 듯 싶었다.

계곡은 고요하고 단단하게 잠들어 있었다. 겨울을 맞을 첫 주름이 드리웠지만, 그 품속에는 여전히 마지막 수확의 따스함이 남아 있었다. 무성한 풀이 사라진 자리엔 넉넉한 땅의 곡선만이 남아, 생명을 낳은 여인의 두 번째 젊음처럼 한층 고요하고 자랑스럽게 빛나고 있었다.

삼촌은 잠시 말이 없었다. 그러다 내 쪽으로 몸을 돌리며 말했다.

"장, 기억나니? 스무 해도 더 전에 내가 너를 이곳으로 데려왔던 날. 그날이 오월의 젊은 아침이라고, 내가 저 골짜기를 가리키며 말했잖니. 그때 골짜기는 미친 듯이 일하고 있었단다. 가을의 열매를 준비하느라 분주했지. 봐라, 이제 또다시 그 골짜기가 자기 일을 다 마쳤구나."

"기억해요, 삼촌. 그날 저는 무척 두려웠어요. 하지만 삼촌은 다정하셨고, 그날의 이야기는 제 마음 깊이 남았죠. 제 모든 기쁨은 다 삼촌 덕이에요."

"그래, 이제 너는 가을에 이르렀구나. 일을 했고 그 결실을 거두고 있지. 사람도 이 땅을 닮은 존재란다. 대지가 생명을 낳고 이어가듯 우리도 그렇게 살아가는 거야. 마른 잎에서 다시 푸른 잎이 돋아나듯, 나는 네 안에서 다시 태어나고, 너도 네 아이들 속에서 다시 태어날 거야. 내가 이 말을 하는 건, 늙음이 너를 두렵게 하지 않기를 바라서란다. 저 푸른 잎사귀들이 내년 봄, 자신이 떨군 씨앗에서 다시 돋아나듯, 너도 그렇게 평온하게 죽음을 맞이하길 바란다."

나는 삼촌의 말을 들으며, 침대 위에 잠든 바베를 떠올렸다. 그 사랑스러운 존재는 곧 새 생명을 품을 것이다. 우리에게 풍요를 준 저 강인한 땅처럼 그녀 역시 지금은 자기만의 가을에 있었다. 그녀의 미소는 환하고 평화로웠으며, 골짜기처럼 깊은 여유와 힘이 깃들어 있었다. 나는 그녀가 금빛 햇살 아래에서 피로와 행복이 뒤섞인 얼굴로, 어머니가 된다는 그 충만한 환희를 누리고 있는 모습을 보는 듯했다. 그 순간, 나는 라자르 삼촌이 말하고 있는 것이 나의 골짜기인지, 아니면 나의 바베인지 알 수 없었다.

우리는 천천히 언덕 비탈을 올라갔다. 아래쪽 뒤랑스강을 따라 펼쳐진 넓은 초원은 짙은 초록빛 양탄자처럼 반짝였다. 그 위로 누런 땅이 이어졌으며, 그 사이사이로 회색빛

올리브나무와 가느다란 아몬드나무가 길게 줄지어 있었다. 포도밭은 가장 높은 곳에 있었다. 굵은 줄기의 포도덩굴이 땅 위를 낮게 기며 힘차게 뻗어 있었다.

프랑스 남부에서는 포도나무를 북쪽처럼 연약한 아가씨 다루듯 하지 않는다. 이곳의 포도는 거칠고 자유분방한 여인처럼 비와 햇살의 뜻에 따라 마음껏 자란다. 포도나무는 두 줄로 곧게 늘어서 어두운 초록빛 덩굴을 사방으로 뻗고 있었고, 그 사이로 밀과 귀리가 심겨 있었다. 그래서 포도밭은 초록 덩굴의 줄무늬와 황금빛 이삭이 어우러진 거대한 한 폭의 천처럼 보였다.

남자들과 여자들이 포도밭 사이에 쪼그려 앉아 포도송이를 잘라내고 있었다. 그들은 잘라낸 송이를 커다란 바구니 바닥에 던져 넣었다. 삼촌과 나는 밀밭 길을 따라 천천히 걸었다. 포도 수확하는 사람들이 고개를 들어 우리에게 인사했다. 삼촌은 가끔씩 걸음을 멈추고는 일꾼들 중 나이 든 사람들과 이야기를 나누었다.

"이봐요, 앙드레. 포도는 잘 익었소? 올해 포도주는 맛이 괜찮겠지요?"

그러면 일꾼들은 햇볕 아래 팔을 들어 올리며, 먹빛처럼 짙은 포도송이를 보여주었다. 알알이 단단히 붙어 있는 포도송이는 터질 듯 싱싱하고 풍성했다.

"보세요, 신부님! 이건 작은 송이예요. 더 큰 건 몇 근은 될 겁니다. 이렇게 풍년이 든 건 거의 십 년 만이네요."

그들은 이렇게 외치고는 다시 잎사귀 사이로 몸을 굽혔다. 갈색 조끼가 초록빛 덩굴 속으로 점점이 묻혀 들었다. 여자들은 머리에 아무것도 두르지 않고, 목에만 가느다란 푸른 스카프를 두른 채 노래를 흥얼거리며 몸을 숙였다. 아이들은 볕 아래 밀짚 위를 구르며 웃음을 터뜨렸다. 그들의 높고 맑은 웃음이 들판의 공기를 가득 채우며, 이 들판의 거대한 일터를 한층 더 환하게 만들었다. 포도밭 가장자리에는 커다란 수레들이 멈춰 서서 포도를 기다리고 있었다. 밝은 하늘 아래 수레의 윤곽이 또렷이 드러났고, 남자들은 끊임없이 오가며 포도로 가득 찬 바구니를 옮기고, 비워진 바구니를 다시 가져왔다.

나는 고백하건대, 그 들판 한가운데서 잠시 대지의 주인이 된 듯한 착각에 잠겼다. 내 발 아래서 땅이 새 생명을 낳는 소리가 들려왔다. 포도덩굴의 푸른 혈관 속으로 성숙한 생명이 흐르고 있었고, 공기에는 넓고 깊은 숨결이 퍼져 있었다. 뜨거운 피가 내 몸속에서 날뛰었고, 나는 마치 이 대지의 풍요가 내 안으로 스며들어 나를 들어 올리는 듯한 기분이 들었다. 수많은 일꾼들의 노동이 내 일처럼 느껴졌고, 이 포도밭은 나의 자식이며, 온 들판이 다정하고 충실한 나의 가족이 되어 있었다. 내 두 발이 비옥한 흙 속으로 깊이 파묻히는 이 감각이 좋았다.

나는 한눈에 뒤랑스강까지 이어지는 밭 전체를 바라보았다. 그 순간, 나는 이 포도밭도 초원도 밀밭도, 올리브나무도 모두 내 것인 양 느껴졌다. 참나무 길 옆에 있는 집은 하얗게 빛났고, 강은 초록빛 들판을 감싸는 거대한 망토 끝단의 은빛 장식처럼 반짝였다. 내 몸이 잠시 커져서 팔을 뻗으면 이 모든 땅과 나무와 들판, 집과 밭을 한데 끌어안을 수 있을 것만 같았다.

그때, 언덕 비탈로 난 좁은 길 위에서 하녀 하나가 숨이 넘어가라 달려오는 것이 보였다. 그녀는 돌부리에 걸려도 멈추지 않고 두 팔을 흔들며, 필사적으로 우리를 향해 손짓하고 있었다. 설명할 수 없는 감정이 목을 꽉 조여왔다.

"삼촌, 삼촌! 저기, 마르그리트가 뛰어오고 있어요. 오늘인 것 같아요!"

라자르 삼촌 얼굴이 순식간에 창백해졌다. 하녀는 마침내 언덕 위에 올라섰고, 포도밭 사이를 가로지르며 우리에게 달려왔다. 내 앞에 다다랐을 때는 숨이 막혀, 가슴을 두 손으로 누르며 헐떡였다.

"어서 말해요! 무슨 일이에요?" 내가 외쳤다.

그녀는 한참 숨을 몰아쉬더니 마침내 한마디를 내뱉었다. "마님이…."

나는 더 듣지 않았다.

"어서 가요, 삼촌, 어서요! 아, 가엾고 사랑스러운 바베!"

나는 거의 구르다시피 비탈길을 뛰어내려갔다. 수확하던 일꾼들이 일어서서 나를 보며 웃었다. 뒤따라오지 못하는 삼촌은 지팡이를 허공에 흔들며 절망스럽게 소리쳤다.

"이런, 장! 세상에! 나 좀 기다려! 마지막에 도착하기는 싫단 말이다!"

그러나 나는 더 이상 삼촌의 목소리를 듣지 못했다. 나는 그저 달리고 또 달렸다. 숨이 차오른 채로, 공포와 희망이 뒤섞인 채 집에 도착했다. 계단을 뛰어올라가 바베의 방문을 두드렸다. 웃고, 울고, 정신이 없었다. 문틈으로 조산사가 얼굴을 내밀며 시끄럽게 굴지 말라며, 짜증 섞인 목소리로 말했다. 나는 그 자리에서 낙담했고 부끄러웠다.

"들어가실 수 없어요. 마당에서 기다리세요."

내가 꼼짝도 하지 않자 조산사가 다시 말했다.

"걱정하지 마세요, 다 잘되고 있어요. 제가 부르면 들어

오세요."

 문이 닫혔다. 나는 방문 앞에서 꼼짝하지 못한 채 서 있었다. 안에서는 바베의 끊어질 듯한 신음 소리가 들려왔다. 그러던 중, 그녀의 비명이 내 가슴을 총알처럼 꿰뚫었다. 나는 문을 어깨로 들이받고 싶은 충동을 억누르기 위해 두 귀를 막고 계단을 미친 듯이 내려갔다.

 마당에는 삼촌이 숨을 헐떡이며 도착해 있었다. 그는 우물가에 털썩 주저앉았다.

 "그래, 아이는?" 삼촌이 물었다.

 "모르겠어요. 문밖으로 쫓겨났어요…. 바베가 고통 속에 울고 있어요."

 우리는 아무 말 없이 서로를 바라보았다. 말 한마디조차 두려웠다. 우리는 귀를 기울이며 바베의 방 창문에서 눈을 떼지 못했다. 희미한 하얀 커튼 뒤에서 무슨 소리라도 들리길 기다렸다. 삼촌은 두 손으로 지팡이를 꼭 쥔 채 떨고 있었고, 나는 불안에 사로잡혀 가만히 있지 못했다. 때때로 우리는 불안한 미소를 주고받았다.

 포도 수확을 마친 수레들이 하나둘 마당으로 들어섰다. 포도 바구니들이 벽 가에 쌓이고, 남자들이 나무통 속에서 맨발로 포도를 밟았다. 노새들이 울고, 마부들은 고함을 질렀다. 포도즙이 나무통 밑으로 '툭툭' 떨어지는 소리가 들렸다. 따뜻한 공기 속으로 새콤한 냄새가 퍼졌다.

그 냄새 속을 오가다 보니 어지러웠다. 머리가 깨질 듯했고, 포도즙이 붉게 흐르는 것을 보며 바베를 떠올렸다. 그리고 이내 설명하기 어려운 벅찬 기쁨이 밀려왔다. 내 아이가 바로 이 수확의 계절, 새 포도주의 향기 속에서 태어나고 있다는 사실이 떠올랐다.

기다림은 나를 미치게 했다. 나는 다시 위층으로 올라갔지만, 이번엔 문을 두드릴 용기도 없었다. 귀를 대자 바베가 낮게 흐느끼는 소리가 들렸다. 심장이 내려앉았다. 나는 고통을 저주했다. 그때 삼촌이 조용히 계단을 올라와 내 어깨를 잡고는 나를 다시 마당으로 데려갔다. 그는 나를 달래려 애쓰며 말했다.

"올해 포도주는 아주 훌륭할 거야."

하지만 삼촌조차도 자기 말에 귀를 기울이지 않았다. 잠시 후 우리는 나란히 침묵했다. 그리고 고요 속에서 바베의 길고 처절한 신음 소리가 들릴 때마다 우리는 둘 다 숨을 죽이고 귀를 기울였다.

바베의 비명은 조금씩 잦아들었다. 마치 울다 지쳐 잠든 아이의 흐느낌 같은 고통스러운 신음만이 남았다. 그러다가 완전한 침묵이 찾아왔다. 그 고요함은 곧 설명할 수 없는 공포로 변했다. 이제 바베의 울음소리조차 들리지 않자, 집 전체가 텅 비어버린 듯했다. 내가 막 계단을 오르려던 참에 조산사가 조용히 창문을 열었다. 그녀는 창밖으로 몸을 내밀어 손짓했다.

"들어오세요."

나는 천천히 계단을 올랐다. 발걸음 하나하나가 깊은 충만함으로 채워졌다. 라자르 삼촌은 벌써 문을 두드리고 있었지만, 나는 계단 중간에서 걸음을 늦추었다. 아내를 다시 품에 안는 순간을 조금이라도 늦추고 싶었던 것이다.

문턱에 이르러 나는 멈추었다. 심장이 세차게 뛰었다. 삼촌은 아기의 요람 위로 몸을 기울이고 있었다. 바베는 새하얀 얼굴로 눈을 감고 있어 마치 잠든 것 같았다. 나는 아기는 잊은 채 곧장 바베에게 다가갔다. 그녀의 사랑스러운 머리는 두 손으로 감싸 쥐었다. 눈물은 아직 뺨 위에서 마르지 않았고, 젖은 입술은 미세하게 떨리며 미소를 머금고 있었다. 그녀는 천천히 눈꺼풀을 들어 나를 보았다. 말은 하지 않았지만, 그 눈빛이 말하고 있었다. 많이 아팠지만 고통 속에서도 행복했다고, 당신이 내 안에 있는 걸 느꼈다고.

나는 몸을 숙여 바베의 눈가에 입을 맞추었다. 그녀의 눈물이 내 입술에 닿았다. 바베는 부드럽게 웃으며 온몸을 힘없이 내게 맡겼다. 피로에 젖은 그 모습이 다정하고 고요했다. 그녀는 천천히 손을 시트에서 꺼내 내 목을 감싸더니 나직하게 속삭였다.

"아들이에요."

그녀가 고통의 시간을 지나 처음으로 내뱉은 말이었다. 그 말에는 조용한 환희가 담겨 있었다.

"그럴 줄 알았어요. 매일 밤 그 아이를 봤잖아요…."

나는 뒤를 돌아보았다. 조산사와 삼촌이 다투고 있었다. 조산사는 삼촌이 아기를 들어 올리지 못하게 하려고 했지만, 삼촌은 아기를 안아보겠다고 고집을 부렸다. 나는 그제야 아내에게서 눈을 떼고 아기를 바라보았다. 아기는 온통 장밋빛이었다. 바베는 아기가 나를 꼭 닮았다고 말했고, 조산사는 눈매가 어머니를 빼닮았다고 했다. 나는 그저 눈물이 차올라 아무 말도 할 수 없었다. 아기를 끌어안고 입을 맞추었다. 마치 바베를 다시 껴안는 기분이었다.

나는 아기를 바베 곁에 눕혔다. 아기는 끊임없이 울어댔고, 그 울음소리는 우리에게 천상의 음악처럼 들렸다. 나는 침대 끝에 앉았고, 라자르 삼촌은 큰 안락의자에 기대어 앉았다. 바베는 피로하지만 평화로운 얼굴로, 이불을 턱까지

덮은 채 눈을 뜨고 미소를 머금었다.

창문은 활짝 열려 있었다. 포도 향이 가득한 가을 오후의 따스한 바람이 방 안으로 흘러들었다. 포도밭에서 들려오는 일꾼들의 발소리, 수레의 삐걱거림, 채찍의 찰싹거림 그리고 마당을 가로지르는 하녀의 카랑카랑한 노랫소리가 들려왔다. 그 모든 소리가 부드럽게 녹아 방 안의 고요와 어우러졌다. 조금 전까지 바베의 울음으로 떨리던 이 방은 이제 고요한 평화 속에 잠겨 있었다.

창문 너머로 가을 풍경이 넓게 펼쳐져 있었다. 멀리 참나무 길이 길게 이어지고, 그 옆으로 뒤랑스강이 하얀 새틴 띠처럼 반짝이며 흘렀다. 강가의 숲은 금빛과 자줏빛으로 물들어 있었고, 그 위로는 연한 파랑과 분홍빛이 섞인 하늘이 고요하고 깊게 열려 있었다.

그 평화로운 풍경 속에서, 포도즙 향기와 노동, 탄생의 기쁨을 나누며 바베, 라자르 삼촌 그리고 나, 우리 셋은 이야기를 나누었다. 막 세상에 나온 사랑스러운 아기를 바라보며.

"삼촌, 아기 이름은 뭐라고 지을까요?"

바베가 물었다.

"장의 어머니 이름이 자클린이었지. 그러니 이 아이는 자크라고 부르자꾸나."

"자크… 자크…." 바베가 되뇌며 말을 이었다.

"그래요, 참 예쁜 이름이에요. 그런데, 삼촌, 우리 아이는 뭐가 될까요? 신부일까요, 군인일까요? 아니면 신사일까요, 농부일까요?"

나는 웃음을 터뜨렸다.

"그런 건 천천히 생각해도 되잖아요."

하지만 바베는 조금 언짢은 듯 말했다.

"아니요, 금세 자랄 거예요. 벌써 얼마나 힘이 센데요. 저 눈 좀 봐요, 벌써 말하는 것 같잖아요."

삼촌도 바베와 같은 생각이었다. 그는 잠시 숙연한 목소리로 말했다.

"신부나 군인은 만들지 마라. 정말 그 길뿐인 게 아니라면 말이다…. 신사로 키우는 건 더 큰 일이지."

바베는 불안한 눈빛으로 나를 보았다. 그녀 자신에게는 조금의 허영도 없었지만, 모든 어머니들처럼 아들 앞에서는 겸손하면서도 자랑스러워지고 싶어 했다. 나는 그녀가 이미 속으로는 아들이 법률가나 의사가 되리라 상상하고 있음을 느꼈다. 나는 그녀를 끌어안고 부드럽게 말했다.

"나는 우리 아이가 이 사랑스러운 골짜기에서 살았으면

좋겠어요. 언젠가 뒤랑스 강가에서 열여섯 살의 '바베'를 만나겠죠. 그리고 그 아이에게 물을 건네겠죠. 기억해요, 내 사랑, 이 들판이 우리에게 평화를 주었어요. 우리 아들도 우리처럼 이곳에서, 농부로서 행복하게 살면 좋겠어요."

바베는 감동에 젖은 얼굴로 내게 입을 맞추었다. 그리고 창밖을 바라보았다. 숲의 잎사귀들, 강물, 들판 그리고 하늘을. 그러고는 미소 지으며 말했다.

"당신 말이 맞아요, 장. 이 땅은 우리에게 참 다정했어요. 우리 작은 자크에게도 분명 그럴 거예요. 삼촌, 우리 '농부'의 대부가 되어주세요."

라자르 삼촌은 고개를 끄덕였다. 그 눈빛은 피곤했지만 따뜻했다. 그런데 나는 그를 가만히 바라보다가 뭔가 달라졌음을 느꼈다. 그의 눈동자가 서서히 흐려지고, 입술이 창백해지고 있었다. 그는 창가의 큰 의자에 몸을 기댄 채, 두 손을 무릎 위에 올려놓고 열린 창밖의 하늘을 가만히 바라보고 있었다.

나는 불안해졌다.

"삼촌, 삼촌, 어디 아프세요? 무슨 일이에요? 제발 대답해 주세요."

그는 손을 천천히 들어올려, 나를 조용히 제지하듯 손짓하더니, 손을 다시 내려놓았다. 그리고 아주 약한 목소리로 말했다.

"이제 몸이 다 된 것 같구나. 이 나이에, 행복이란 건 참 치명적인 거야…. 조용히 해라. 내 몸이 너무 가벼워진 것 같아. 팔도 다리도, 감각이 사라졌어."

바베는 놀라서 몸을 일으켜 삼촌을 바라보았다. 나는 무릎을 꿇고 삼촌 앞에 앉아 삼촌의 얼굴을 불안하게 바라보았다. 그러나 그는 부드럽게 웃으며 속삭였다.

"겁내지 말거라. 고통은 전혀 없다. 오히려 무언가 달콤한 것이 내 안으로 스며드는 것 같구나. 이제 평온하고 아름다운 잠 속으로 들어가는 기분이다. 갑자기 이렇게 된 게 참 고맙구나. 아, 가여운 장, 내가 언덕길을 너무 서둘러 올라왔지. 그 아이가 나에게 너무 큰 기쁨을 주었단다."

우리가 그 뜻을 깨닫고 울음을 터뜨리자, 삼촌은 하늘을 바라본 채 조용히 말을 이었다.

"내 기쁨을 망치지 말아다오, 제발…. 내가 지금 얼마나 행복한지 너희는 모를 거다. 이렇게 의자에 앉은 채로 영원한 잠에 들 수 있다니, 이보다 위로가 되는 죽음이 있을까. 내가 사랑하는 모든 이들이 바로 곁에 있고…. 저 하늘 좀 보아라, 얼마나 고운 파란빛이냐. 하느님이 나에게 아름다운 저녁을 내려주시는구나."

해는 참나무 길 뒤편으로 지고 있었다. 비스듬히 내리쬐던 햇살이 나무 아래에서 금빛 물결처럼 번졌고, 나무는 오래된 구리빛으로 빛났다. 멀리 푸른 들판은 아득한 고요 속으로 스며들었다. 라자르 삼촌은 점점 더 약해졌다. 열린 창으로 스며드는 그 온화한 정적과 노을의 평화 속에서, 그는 천천히 빛이 사라지듯 꺼져갔다. 높이 뻗은 나뭇가지 위에서 희미해지는 마지막 햇살처럼 그의 숨결도 차츰 잦아들었다.

"아, 나의 사랑스러운 골짜기여…. 너는 나에게 다정한 작별을 선물해 주는구나. 겨울, 네가 온통 검게 변한 그 계절에 죽을까 봐 두려웠는데."

그가 낮게 중얼거렸다. 우리는 눈물을 참았다. 이 거룩한 죽음을 방해하고 싶지 않았다. 바베는 낮은 목소리로 기도했고, 아기는 작고 가느다란 울음을 터뜨렸다

삼촌이 그 울음을 들었다. 죽음의 숨결 속에서 그는 바베 쪽으로 몸을 돌리려 했고, 마지막 미소를 지으며 말했다.

"아이를 봤단다. 이제 정말 행복하게 떠난다."

그는 다시 창밖을 바라보았다. 창백한 하늘, 금빛으로 물든 들판을. 그리고 고개를 살짝 뒤로 젖힌 채 아주 작은 한숨

을 내쉬었다. 그 어떤 움직임도, 떨림도 없었다. 그는 마치 고요한 잠 속으로 스며들 듯, 그렇게 죽음 속으로 들어갔다.

그 순간, 우리 마음속에는 말로 다할 수 없는 부드러움이 찾아왔다. 눈물도 없었다. 오직 잔잔하고 맑은 슬픔만이 남았다. 그렇게 단순하고 고요한 죽음 앞에서 우리는 오히려 위로를 느꼈다. 황혼이 내려앉고 있었다. 삼촌의 작별은 마치 저녁에 해가 지고 다시 아침에 떠오르는 것처럼 우리 마음에 평화를 남겼다.

그렇게 나의 가을날은 지나갔다. 아들을 얻은 날이었고 라자르 삼촌을 황혼의 평화 속으로 떠나보낸 날이었다.

함께 그리고 따로

Together and Apart

버지니아 울프(Adeline Virginia Woolf, 1882~1941)

영국 런던 출신. 내면의 흐름과 의식을 섬세하게 포착한 모더니즘 문학을 대표하는 작가다. 《댈러웨이 부인》, 《등대로》, 《자기만의 방》 등에서 시간, 자아, 여성의 삶을 실험적으로 탐구하며, 획일성에 반기를 들고 개인적 자유와 유미주의를 강조했다. 그녀의 작품은 여성주의, 독립성, 모더니즘을 강하게 반영하며 오늘날까지 독자에게 큰 영향을 끼친다.

―

 댈러웨이 부인이 두 사람을 소개하며 말했다. 애닝이 분명 그를 좋아할 거라고. 이미 대화는 시작되었지만 말이 오가기까지는 잠시의 시간이 필요했다. 로더릭 설과 애닝은 나란히 서서 하늘을 바라보았다. 그러나 하늘은 두 사람의 마음속에서 서로 다른 의미로, 끝없이 흘러가고 있었다. 그러던 중 애닝은 곁에 서 있는 로더릭 설의 존재가 너무도 또렷하게 느껴져 더는 하늘만 바라볼 수 없었다. 하늘을 떠받치고 있는 큰 키, 깊은 눈빛, 잿빛 머리칼, 깍지 낀 두 손 그리고 '우울한 척한다'고 들었던 근엄한 얼굴이 한눈에 들어왔다. 애닝은 어리석은 줄 알면서도 그만 참지 못하고 입을 열었다.

 "정말 아름다운 밤이에요."

 어리석구나! 참으로 어리석지 않은가. 하지만 마흔 살 나이에, 하늘 아래에서는 누구나 얼마쯤은 어리석을 수 있지 않은가. 하늘은 현명한 이조차도 바보로, 결국 한 줌 지푸라기로 만들어 버린다. 댈러웨이 부인의 창가에 서 있는 그녀와 로더릭 설 역시 그저 먼지 티끌에 지나지 않았다. 달빛에

비춰본 두 사람의 인생은 벌레 한 마리의 삶만큼이나 짧고, 하찮을 뿐이었다.

"자, 여기요."

애닝이 소파 쿠션을 두드리며 말했다. 그러자 그가 그녀 옆에 앉았다. 과연 사람들 말대로 그는 '우울한 척하는' 사람일까? 하늘이 모든 것을 허무하게 만드는 듯했기에, 사람들의 말도 그들의 행동도 모두 덧없게 느껴졌다. 애닝은 또다시 아주 진부한 말을 꺼냈다.

"캔터베리에 살 때 미스 설이라는 여자가 있었어요. 제가 소녀였을 때 말이에요."

하늘을 바라보고 있던 로더릭 설의 눈앞에는 곧 푸른빛에 감싸인 조상들의 무덤이 나타났다. 그의 두 눈이 점점 커지면서도 어두워졌다.

"네, 우리 집안은 정복왕 윌리엄과 함께 건너온 노르만 출신이에요. 대성당에는 리처드 설이 묻혀 있는데, 그는 가터 훈장을 받은 기사였어요."

애닝은 우연히 껍데기 속에 가려져 있던 남자의 진짜 모습을 드러낸 듯한 기분이 들었다. 달빛 아래에서는(그녀에게 달은 남자를 상징했다. 그녀는 커튼 틈새로 스며드는 달빛을 조금씩 들이켰다.) 무엇이든 말할 수 있을 것만 같았다. 감춰진 남자의 본모습을 들추어내야겠다고 마음먹으며 속으로 되뇌었다.

'어서, 스탠리, 어서.'

이것은 그녀만의 암호 같은 구호이자 스스로를 다그치는 채찍이었다. 누구나 중년이 되면 오래된 약점을 다스리기 위해 그런 채찍 하나쯤은 마련하는 법이다. 그녀의 약점은 한심할 만큼의 소심함, 아니 나태함이었다. 그녀는 용기가 없는 것이 아니라 기운이 부족했던 것이다. 특히 남자와 대화할 때면 언제나 움츠러들어, 결국 시시하고 진부한 이야기로 끝나곤 했다. 남자 친구는 거의 없었고, 가까운 친구도 드물었다. 그러나 그것을 꼭 원하지는 않았다. 그녀에게는 세라와 아서, 작은 집과 차우차우 한 마리가 있었다. 그녀는 그것이 자신만의 완벽한 세계라고 믿었다. 다른 누구도 이런 조합을 가질 수 없으리라는 충만한 소유감 속에서, 달빛마저 곁에 있으니(그것은 마치 음악처럼 마음을 울려 주었다.) 그녀는 이 남자와 그의 가문에 대한 자부심쯤은 그대로 묻어두어도 괜찮겠다고 여겼다. 그러나 아니다! 그건 위험한 생각이었다. 무기력 속으로 빠져들어서는 안 된다. 이 나이에, 결코. '어서, 스탠리, 어서.' 그녀는 속으로 되뇌며 그에게 물었다.

"캔터베리를 아세요?"

캔터베리를 아느냐니! 설은 웃음을 지었다. 참으로 우스운 질문이었다. 악기를 다룰 줄 알고, 지적인 눈매에 오래된 멋진 목걸이를 하고 있는, 이 조용하고 친절한 여인이 그 질문이 무엇을 뜻하는지 모르다니. 나에게 캔터베리를 아느냐고 묻다니. 그곳은 그의 인생에서 가장 빛나던 시절이 깃든 곳이다. 잊을 수 없는 기억, 누구에게도 털어놓지 못한 이야기들 그리고 글로 써보려 애썼던 모든 것(그는 깊은 한숨을 내쉬었다.) 아, 바로 그 모든 것이 캔터베리에 모여 있는데, 그런 그에게 이런 질문을 하다니, 웃음이 나올 수밖에 없었다.

그의 한숨과 이어진 미소, 우울함 속에 비치는 유머는 사람들로 하여금 호감을 샀고, 그는 그것을 알고 있었다. 하지만 그런 호감은 결코 그의 실망을 채워주지 못했다. 그가 사람들의 호감을 발판 삼아 기댄다 해도(호의를 베푸는 여인들을 찾아가 오래, 아주 오래 시간을 보내며) 그것은 꽤 씁쓸한 일이었다. 그는 자신이 할 수 있었던 일, 캔터베리의 소년 시절에 품었던 꿈의 십분의 일도 이루지 못했기 때문이다. 그래서 그는 낯선 사람을 만날 때마다 묘한 희망을 느꼈다. 그들은 그가 어떤 과거를 품고 있는지도, 그 안에서 얼마나 무너졌는지도 모른다. 낯선 이들이 그의 매력에 빠질 때면 그는 새롭게 시작할 힘이 솟았다. 쉰 살의 나이에, 그녀가 지금 그의 마음속 깊은 샘을 건드리고 있었다. 들판과 꽃, 잿빛 건물들이 그의 마음속으로 스며들어, 그 어둡고 앙상한 벽 위에 은빛 물방울이 맺히고 또 흘러내렸다. 그의 시는 종종 이런 이미지에서 시작되곤 했다. 그는 지금 이 조용한 여인 곁에서 그 이미지 하나를 만들어 보고 싶은 욕망을 느꼈다.

"네, 캔터베리를 알죠."

그는 회상에 잠긴 채, 감상적으로 그러나 은근히 더 묻기를 바라는 듯이 말을 했고, 애닝은 그 미묘한 기색을 느꼈다. 바로 그 점이, 그를 많은 사람들에게 흥미로운 인물로 보이게 만든 것이었다. 하지만 그의 이런 놀라운 말솜씨와 재치 있는 반응 때문에, 그는 오히려 자신이 실패했다고 느꼈다. 파티에서 돌아온 밤, 셔츠 단추를 풀고 열쇠며 잔돈을 화장대 위에 내려놓으면서(그는 사교철이면 거의 매일 밤 외출하곤 했다.) 그는 종종 그렇게 생각했다. 다음 날 아침 식탁에서는 전혀 다른 사람이 되어 아내에게 까다롭고 불친절하게 대했다. 그의 아내는 병약하여 외출을 전혀 하지 못했다. 대신 오랜 친구들-인도 철학이나 민간요법, 각종 의학 치료법에 관심 있는 여인들을-을 집으로 불러 이야기를 나누곤 했다. 로더릭 설은 그런 이야기를 언제나 날카롭고 빈정대는 말로 일축해 버렸고, 아내는 조심스럽게 이의를 제기하거나 눈물 몇 방울 흘리는 것으로 응수할 뿐이었다. 그는 자신이 실패한 이유를, 자신에게 절실히 필요했던 사교 모임과 여성들과의 교류를 완전히 끊고 글을 쓰지 못한 데서 찾았다. 삶에 너무 깊숙이 휘말려버린 탓이었다. 그러면서도 그는 다리를 꼬고 앉아(그의 몸짓은 언제나 약간의 파격과 기품 섞여 있었다.) 스스로를 탓하기보다는 자신의 풍요로운 본성 탓으로 돌렸다. 워즈워스*의 본성과 비교해도 손색없는 본성이라고 믿었다. 그는 이미 사람들에게 많은 것을 베풀었으니, 이제는 그들이 자신을 도울 차례라고 여겼다. 그리고 이런 생각은 언제나 떨림과 매혹, 그리고 흥분을 불러일으키는 대화의 전주곡이 되었다. 그 순간, 그의 마음속에는 또다시 이미지들이 차올랐다.

"저 여인은 마치 과일나무 같아…. 꽃이 활짝 핀 벚나무."

그는 곱고 흰 머리카락을 지닌 젊은 여인을 보며 말했다. 루스 애닝은 그 말이 제법 근사한 비유라고 생각했다. 꽤 괜찮은 표현이었지만, 그렇다고 해서 이 근엄하고 어딘가 우

---

* **워즈워스** 윌리엄 워즈워스(William Wordsworth, 1770~1850) 영국 낭만주의 시인. 자연과 인간의 교감을 노래했으며, 〈무지개〉, 〈수선화〉 등이 대표작이다.

울한 기색의 남자, 번듯한 몸집의 이 사내가 마음에 드는 건 아니었다. 하지만 참 이상한 일이라고 그녀는 생각했다. 사람의 기분이 이렇게 쉽게 흔들릴 수 있다니. 그녀는 여전히 그가 마음에 들지 않았지만 여인을 벚나무에 빗댄 그의 그 한마디만은 조금 마음에 들었다. 그녀의 내면은 바닷속 말미잘의 촉수처럼 이리저리 흔들리며, 때로는 설렘으로 물결쳤고, 때로는 툭 꺾여 가라앉았다. 그런가 하면 머릿속은 멀리 떨어진 공중 어딘가, 차갑고 고요한 곳에 떠 있는 듯했다. 그곳에서 그녀는 느리게, 그러나 차근차근 판단을 내릴 메시지를 받아들였다. 그래서 사람들이 로더릭 설에 대해 이야기할 때(그는 나름 세상에 알려진 인물이었다.) 누구나 주저 없이 이렇게 말할 수 있으리라. "난 그가 좋아." 혹은 "난 그가 싫어." 그렇게 한번 내린 의견은 쉽게 바뀌지 않았다. 그녀는 문득 생각했다. 인간의 교류라는 것이 무엇으로 이루어지는 걸까. 그 물음 위로 녹색 불빛이 스치며 지나는 듯했다. 기묘하고, 엄숙한 생각이었다.

"당신이 캔터베리를 안다니, 뜻밖이군요." 그가 말했다.

"언제나 놀라운 일이죠." 그가 말을 이었다.(흰 머리 여인이 자리를 지나갔다.) "이렇게 낯선 사람을(그들은 단 한 번도 만난 적이 없었다.) 우연히 마주쳤는데, 그가 내 안에 있는 의미 있는 것의 가장자리를 건드리다니 말입니다. 그것도 우연히 말이지요. 당신에게 캔터베리는 그저 괜찮은 옛 도시였을 겁니다. 그래서 어느 해 여름, 숙모와 함께 그곳에서 지냈던 거죠.(루스 애닝이 캔터베리에서의 일을 그에게 들려줄 건 그게 전부였다.) 관광지를 둘러보고 돌아와서는, 그 뒤로는 한 번도 그곳을 떠올리지 않았을 테고요."

그렇게 생각하도록 내버려두자. 그녀는 그가 마음에 들지 않았기 때문에, 자신에 대해 그런 터무니없는 오해를 품은 채 남아 있기를 바랐다. 하지만 실은, 그녀에게 캔터베리에서의 석 달은 놀라운 시간이었고, 지금도 그 기억은 또렷했다. 우연히 가게 된 곳이었지만, 그녀는 그때의 일을 세세히 간직하고 있었다. 숙모의 지인인 미스 설을 만나러 갔던 그날, 그 여인이 천둥에 대해 했던 말을 또렷하게 기억하고 있었다.

"밤에 잠에서 깨어나 천둥소리를 들으면, 나는 언제나 '누군가 죽었구나.' 하고 생각해요."

그녀는 그때의 광경을 아직도 또렷이 떠올릴 수 있었다. 거칠고 뻣뻣한 다이아몬드 무늬 양탄자, 차를 따라주지도 않은 채 찻잔을 내밀며 천둥 이야기를 하던 부인의 반짝이면서도 깊은 갈색 눈빛. 그리고 캔터베리를 떠올릴 때면 언제나 천둥을 몰고 오는 검은 구름과 창백하게 빛나는 사과꽃 그리고 길게 이어진 건물들의 잿빛 지붕이 함께 떠올랐다.

천둥소리가 그녀를 중년의 무심한 권태에서 흔들어 깨웠다. '어서, 스탠리, 어서.' 그녀는 속으로 되뇌었다. 이 남자마저 다른 사람들처럼 나를 오해하도록 두지 않으리라. 나는 그에게 진실을 말해야 한다.

"나는 캔터베리를 사랑했어요." 그녀가 말했다.

그는 곧 두 눈을 반짝였다. 그것은 그의 재능이자, 그의 결함이며, 어쩌면 그의 운명이었다.

"사랑했다고요? 그래요, 당신은 분명 그랬을 것 같아요."

그 순간 그녀의 내면 깊숙한 촉수가 로더릭 설이 좋은 사람이라는 신호를 보냈다. 두 사람의 시선이 마주쳤다. 아니 부딪쳤다. 서로의 눈 너머, 그늘 속에 숨어 있다가 잠자코 구경만 하던 또 다른 자아가 — 그동안 얄팍한 분신이 재롱을 부리고 손짓하며 흥을 돋우는 동안 — 갑자기 일어서서 외투를 벗어던지고, 있는 그대로의 모습으로 상대 앞에 나타났다. 그것은 놀랍고도 압도적인 순간이었다. 그들은 이제 충분히 나이를 먹어, 겉모습은 세련되고 매끄럽게 다듬어져 있었다. 그러나 로더릭 설은 한 철 동안 수십 번의 파티에 나가도 더 이상 특별한 감흥을 느끼지 못했다. 느끼는 것은 기껏해야 감상적인 아쉬움이나 '꽃 핀 벚나무' 같은 아름다운 이미지에 대한 막연한 동경 정도였다. 하지만 그의 내면 깊은 곳에는 언제나 사람들과의 교류에서 오는 일종의 우월감, 그리고 자신조차 끝내 꺼내지 못한 잠재된 재능에 대한 예민한 감각이 고여 있었다. 그 때문에 그는 삶에도, 자기 자신에게도 만족하지 못했고, 결국 하품을 하며 공허하고 변덕스러운 기분으로 집으로 돌아오곤 했다. 그런데 지금, 전혀 뜻밖에도, 안개 속을 가르는 하얀 번개처럼(피할 수 없는 섬광처럼) 그 일이 일어난 것이다. 서로의 눈이 마주친 순간, 오래 잠들어 있던 감정이 깨어나 두 사람을 덮쳤다. 오래된 삶의 환희, 그 거침없는 습격. 그것은 불쾌하면서도 동시에 기쁨을 주었고, 젊음을 되살리며 온몸의 혈관과 신경 속을 얼음과 불의 가닥으로 가득 채워 넣었다. 그것은 무시무시했다.

"이십 년 전의 캔터베리 말이에요."

애닝은 강렬한 빛 위에 살짝 그늘을 드리우듯, 혹은 너무 익고 뜨거운 복숭아를 초록 잎으로 덮듯이 말했다. 그 빛은 너무 눈부시고, 너무 충만했다.

그녀는 가끔 결혼했더라면 어땠을까 생각하곤 했다. 마음과 몸을 상처로부터 지켜주는 일종의 자동 장치처럼 작동하는 중년의 차분한 평화는, 캔터베리의 천둥과 창백한 사과꽃 앞에서는 너무 보잘것없어 보였다. 그녀는 다른 무엇을, 번개처럼 더 강렬한 것을, 떠올릴 수 있었다. 어떤 육체적 감각을 그려 볼 수도 있었다. 그리고 마침내, 무언가를 아주 뚜렷하게 상상할 수 있었다.

이상한 일이었다. 그를 한 번도 본 적이 없는데도, 흥분과 좌절 속에서 꿈틀거리던 촉수 같은 감각이 이제는 아무런 신호도 보내지 않은 채 고요히 가라앉아 있었다. 마치 그녀와 그가 이미 서로를 완벽히 알고 있고, 너무도 밀접하게 이어져 있어서, 그저 나란히 강물에 몸을 맡기고 함께 흘러가기만 하면 되는 것처럼 느껴졌다.

무엇보다도 인간의 교류만큼 기묘한 일은 없다고 그녀는 생각했다. 그것은 끊임없이 변하고 터무니없이 비이성적이었다. 조금 전까지만 해도 혐오였던 감정이 이제는 가장 강렬하고 황홀한 사랑으로 바뀌어 있었다. 그러나 '사랑'이라는 단어가 떠오르는 순간, 그녀는 곧장 그것을 거부했다. 마음이란 얼마나 모호한가. 이 놀라운 인식들, 고통과 기쁨이 교차하는 이 감정을 표현할 단어가 고작 몇 개뿐이라는 사실을 다시 떠올렸다. 그렇다면 이 감정을 무엇이라 불러야 한단 말인가. 그녀는 지금 인간의 애정이 거두어지고, 그가 사라지는 것을 느꼈다. 그리고 동시에 그녀는 그것이 그와 자신 모두가 느끼는 절박한 필요임을 깨달았다. 인간의 본성을 황폐하게 하고 치욕스럽게 만드는 그 경험을 어떻게든 감추어야 했다. 그것이 곧 애정을 거두는 일이고, 신뢰를 끊는 일이었다. 그래서 그녀는 그것을 감추기 위해, 마치 점잖고 공인된 장례의 형식을 찾는 사람처럼 말했다.

"물론, 사람들이 무슨 짓을 하든 캔터베리를 망칠 수는 없어요."

그는 미소를 지으며 그녀의 말을 받아들였다. 그리고 다리를 반대쪽으로 꼬았다. 그녀는 제 역할을 다했고, 그는 그의 역할을 다했다. 그렇게 모든 것이 끝났다. 그 순간, 마비된 듯한 공허가 순식간에 두 사람을 덮쳤다. 머릿속은 텅 비어 아무 생각도 떠오르지 않았고, 마음의 벽은 석판처럼 굳어 있었다. 그 공허는 거의 고통에 가까웠다. 두 눈은 돌처럼 굳어 한곳만 — 석탄통 하나만 — 무섭도록 뚫어져라 바라보았다. 어떤 감정도, 어떤 생각도, 어떤 인상도 그 시선을 흔들 수 없었다. 감정의 샘은 봉인된 듯했고, 마음이 굳어지자 육체도 함께 굳어 버렸다. 마치 조각상처럼. 두 사람은 움직일 수도, 말할 수도 없었다. 그러다 미라 카트라이트가 장난스럽게 그의 어깨를 두드리며 말했다.

"마이스터징거 극장에서 당신을 봤는데, 날 못 본 체하더군요. 나쁜 사람! 다시는 당신한테 말 걸지 않을 거예요."

그제야 주문이 풀린 듯, 온몸의 혈관에서 생명의 물줄기가 한순간에 솟구쳤다.

비로소 그들은 떨어질 수 있었다.

가을

秋

아쿠타가와 류노스케(芥川龍之介, 1892~1927)

일본 도쿄 출신. 《라쇼몬》, 《코》, 《참마죽》 등 150여 편의 단편을 남긴 일본 근대문학을 대표하는 작가다. 간결하고 명쾌한 문체, 동서양 문학을 아우르는 폭넓은 교양, 고전 설화와 역사에서 얻은 다양한 소재가 그의 작품 세계를 특징짓는다. 나쓰메 소세키의 인정을 받아 등단과 동시에 문단의 총아로 떠올랐으나, 내적 불안과 신체적 고통을 이기지 못하고 서른다섯에 생을 마쳤다. 짧지만 강렬한 생애와 독창적인 작품 세계는 일본 문학 전반에 깊은 흔적을 남겼다.

―

1

 노부코는 여자대학에 다닐 때부터 재원이라는 소리를 들었다. 당시 노부코가 조만간 작가로 등단하리라는 것을 의심하는 사람은 거의 없었다. 심지어 그녀가 재학 중에 삼백 몇 매나 되는 자서전 형식의 소설을 썼다며 떠들고 다니는 사람도 있었다.
 하지만 막상 대학을 졸업하고 보니 사정이 좀 복잡했다. 아직 여학교를 다니고 있는 여동생 데루코와 자신을 뒷바라지하느라 재혼도 못 한 어머니 앞에서 제멋대로 굴 수만은 없었다. 결국 노부코는 창작 활동을 시작하기에 앞서 세상의 관습에 따라 결혼부터 해야 했다.
 노부코에게는 슌키치라는 사촌 오빠가 있었다. 슌키치는 문과대학에 다니고 있었는데, 노부코가 보기에 장차 작가가 되려는 뜻을 품은 듯했다. 노부코는 예전부터 이 사촌 오빠와 친하게 지냈다. 그런 터에 서로에게 문학이라는 공통 화제가 생긴 뒤로 둘 사이는 더 가까워졌다. 하지만 슌키치는 노부코와 달리 당시 유행하던 톨스토이즘* 따위에는 관심도 존경심도 없었다. 대신 그는 걸핏하면 프랑스식 풍자나 경구를 늘어놓았다. 매사에 진지한 노부코는 슌키치의 그런 냉소적인 태도에 이따금 화가 났다. 하지만 화가 나면서도 슌키치의 말 속에 깃든 결코 가볍게 무시할 수 없는 무언가를 느꼈다.

노부코는 대학생 시절에도 슌키치와 함께 전람회나 음악회에 여러 번 갔다. 그때마다 동생 데루코가 대부분 동행했다. 세 사람은 오가는 길에 웃으면서 허물없이 이야기를 나누었다. 하지만 데루코는 때때로 대화에서 소외되었다. 그래도 아직은 어려서 그런지 특별히 소외감을 느끼는 것 같지는 않았다. 그저 아무렇지 않은 듯 진열장 속의 양산이나 비단 숄을 구경하며 걸을 뿐이었다. 노부코는 데루코가 소외되었다는 것을 깨달을 때면 화제를 바꾸어 동생도 함께 이야기할 수 있도록 배려했다. 그런데 아이러니하게도 가장 먼저 동생을 깜빡 잊는 것은 언제나 노부코 자신이었다. 슌키치는 모든 일에 무심한 듯 변함없이 재치 있는 농담이나 하면서 정신없이 거리를 오가는 사람들 속을 큰 걸음으로 천천히 걸었다.

* **톨스토이즘** 무정부주의와 인도주의 등을 내세운 톨스토이의 사상이나 주장을 일컫는 말.

주위 사람들이 보기에는 노부코와 사촌 오빠의 관계가 장차 결혼으로 이어질 것이라 추측해도 무리가 없었다. 노부코의 동창생들은 그녀의 미래를 제멋대로 그리며 부러워하기도 하고, 질투하기도 했다. 특히 슌키치를 제대로 알지 못하는 사람일수록 (참으로 우습다고 볼 수밖에 없는데) 한층 더 심했다. 노부코 또한 한편으로는 사람들의 추측을 부정하면서도, 다른 한편으로는 그것이 당연한 일이라는 점을 은근슬쩍 암시했다. 그래서 동창생들의 머릿속에는 대학을 졸업하기도 전에 노부코와 슌키치가 신부 신랑처럼 함께 서 있는 모습이 사진처럼 뚜렷하게 각인되어 있었다.

그런데 대학을 졸업하자, 노부코는 사람들의 예상과는 달리 오사카의 한 무역회사에 입사한 지 얼마 안 된 고등상업학교 출신의 청년과 갑작스럽게 결혼했다. 게다가 결혼식을 올린 며칠 뒤에는 신랑이 있는 오사카로 떠나버렸다. 그날 중앙역에서 두 사람을 배웅한 이들의 말에 따르면, 노부코는 평소처럼 화사한 미소를 지은 채, 내내 눈물을 흘리는 동생 데루코를 다정히 위로했다고 한다.

동창생들은 하나같이 의아해했다. 노부코를 이상하게 여긴 그들의 마음속에는 묘한 기쁨과 함께, 이전과는 전혀 다른 질투가 뒤섞여 있었다. 그들 중 몇몇은 노부코 편에 서서 모든 일은 그녀의 어머니의 뜻에 따라 일어난 것일 거라고 생각했다. 또 몇몇은 노부코를 의심한 나머지 모든 것은 그녀가 갑자기 변심해서 일어난 일이라고 여겼다. 하지만 그와 같은 해석이 결국은 단순한 상상에 지나지 않는다는 사실을 그들 자신도 모르지는 않았다.

'노부코는 왜 슌키치와 결혼하지 않았을까?'

그 뒤 한동안 사람들은 모이기만 하면, 대단히 중요한 문제라도 되는 듯 이런 의문을 화제로 삼았다. 그렇게 두 달쯤 지나자, 그들은 노부코를 까맣게 잊어버렸다. 물론 노부코가 쓰기로 했던 장편소설에 대한 소문도 마찬가지였다.

그러는 사이 노부코는 오사카 교외에 신혼집을 꾸렸다. 신혼집은 그 일대에서도 가장 한적한 소나무 숲에 있었다. 신랑이 회사에 출근해 집에 없는 동안에는 송진 냄새와 투명한 햇살이 전셋집 2층 안의 침묵을 지키고 있었다.

노부코는 그런 쓸쓸한 오후, 이유도 모른 채 기분이 가라앉을 때면 반짇고리의 조그만 서랍을 열었다. 그러고는 그 밑에 넣어둔 분홍색 편지지를 꺼내 펼쳐보았다. 편지지에는 이런 글이 작고 가늘게 펜으로 적혀 있었다.

'오늘을 끝으로 언니와 함께 지낼 수 없다고 생각하니, 이 글을 쓰는 동안에도 쉴 새 없이 눈물이 흘러내립니다. 언니,

부디… 부디 저를 용서해 주세요. 저 데루코는 크나큰 언니의 희생 앞에서 무슨 말을 해야 좋을지 모르겠습니다. 언니는 저를 위해 이번 혼담을 받아들이셨지요. 아니라고 부인하셔도 저는 다 알고 있습니다. 언젠가 함께 제국극장에서 공연을 보던 날 밤, 언니는 제게 슌키치 씨가 좋으냐고 물으셨습니다. 그리고 제가 좋아한다면 언니가 애써 볼 테니까 슌키치 씨에게 시집을 가라고도 말씀하셨습니다. 그때 언니는 이미 제가 슌키치 씨에게 보내려던 편지를 읽으셨겠지요. 그 편지가 없어진 것을 알았을 때, 저는 언니가 몹시 원망스러웠습니다. (죄송해요. 이 일 하나만으로도 얼마나 미안한지 모르겠어요.) 그런 마음이었기 때문에 그날 밤 언니의 친절한 말씀조차 비아냥처럼 들렸습니다. 화가 난 나머지 제가 대답다운 대답을 하지 않았던 일, 당연히 잊지 않으셨겠지요? 하지만 그 이삼 일 뒤 언니의 결혼이 갑자기 정해졌을 때, 저는 죽어서라도 사과해야겠다고 생각했습니다. 언니도 슌키치 씨를 좋아하잖아요. (숨기셔도 소용없어요. 저는 잘 알고 있어요.) 저만 아니었어도 언니가 틀림없이 슌키치 씨에게 시집갔겠지요. 그럼에도 언니는 제게 슌키치 씨는 생각도 하지 않는다고 몇 번이나 말씀하셨어요. 결국 그렇게 해서 마음에도 없는 결혼을 하셨던 것이지요. 제게는 더없이 소중한 언니, 오늘, 닭을 끌어안고서 닭에게 오사카로 떠나는 언니에게 인사를 드리라고 말했던 일을 기억하시나요? 저는 집에서 기르는 그 닭도 저와 함께 언니한테 사과하게 하고 싶었어요. 그랬더니 아무것도 모르던 어머니까지 그 모습을 보고 눈물을 흘리셨지요. 언니, 이제 내일이면 오사카로 떠나고 더는 여기에 계시지 않겠지요. 떠나더라도 언제까지나 언니의 데루코를 저버리지 말아 주세요. 데루코는 매일 아침 닭에게 모이를 주면서 언니를 떠올리고 아무도 모르게 눈물을 흘리고 있답니다….'

노부코는 그 소녀다운 편지를 읽을 때면 언제나 눈물이 배어 나왔다. 특히 중앙역에서 기차에 오르기 직전에 남몰래 편지를 건네주던 데루코의 모습을 떠올리면, 말로 표현할 수 없을 정도로 동생이 가엾고 사랑스러웠다.

하지만 노부코는 문득 생각했다. 자신의 결혼이 동생의 상상처럼 그토록 희생적인 것이었을까 하고. 이런 의문이 눈물을 흘린 뒤의 노부코 마음에 무겁고 어두운 기운으로 번졌다. 노부코는 그런 마음에서 벗어나려고 잠자코 달콤한 감상에 잠겼다. 그러는 동안 바깥 소나무 숲을 비추던 햇살이 점점 노랗게 저녁 빛깔로 변해가고 있었다.

2

결혼하고 나서 대략 석 달쯤은 두 사람도 여느 신혼부부처럼 행복한 나날을 보냈다.

남편은 어딘지 모르게 여성스러운 데다 말수도 적은 사람이었다. 그런 그도 퇴근 후에는 저녁 식사 뒤 꼭 몇 시간은 노부코와 함께했다. 노부코는 뜨개질을 하며 요즘 화제가 되는 소설이나 희곡에 대해 이야기했다. 그 이야기 속에는 이따금 기독교 색채가 밴, 여대생 취향의 인생관이 스며 있는 경우도 있었다. 남편은 반주로 마신 술 때문인지 붉게 달아오른 얼굴로 읽다 만 석간신문을 무릎에 올려놓고는 신기하다는 듯 귀를 기울였다. 하지만 자신의 의견은 한마디도 내놓지 않았다.

부부는 또 거의 일요일마다 오사카나 근교의 유원지로 나가서 한가로운 하루를 보냈다. 노부코는 기차나 전차를 탈 때마다 마주치는, 아무 데서나 거리낌 없이 음식을 먹는 간사이 사람들을 천박하다고 여겼다.* 그런 만큼 예의 바르고 얌전한 남편의 태도를 한층 품위 있다고 생각했다. 실제로

---

* 예전에 간토(도쿄) 사람들 중에는 간사이(오사카교토·고베 일대) 사람들이 어디서나 자유롭게 먹고 마시는 습관이 있다는 편견을 가진 이들이 많았다.

말끔한 남편이 주위 사람들 사이에 섞여 있으면, 모자에서도, 양복에서도, 붉은 가죽 레이스업 구두*에서도, 비누 냄새와도 비슷한 맑고 산뜻한 향기가 풍기는 것 같았다. 특히 여름휴가 중 마이코**까지 갔을 때, 노부코는 같은 찻집에 있던 남편의 동료들과 비교해 보고 남편을 더더욱 자랑스럽게 여기지 않을 수 없었다. 그런데 남편은 그 천박해 보이는 동료들과도 의외로 친하게 지내고 있는 듯했다.

그 무렵 노부코는 오랫동안 잊고 있었던 창작을 떠올렸다. 그러고는 남편이 집을 비운 틈을 이용해 하루에 한두 시간씩 책상 앞에 앉았다.

"드디어 여류 작가가 되려는 건가."

노부코가 창작에 대한 이야기를 꺼내자, 남편은 입가에 엷은 미소를 지으며 부드럽게 말했다.

하지만 책상 앞에 앉아만 있을 뿐, 생각처럼 펜이 앞으로 잘 나아가지 않았다. 노부코는 멍하니 턱을 괴고 앉아 뜨거운 햇볕이 쏟아지는 소나무 숲의 매미 소리에 귀 기울이고 있는 자신을 발견하기 일쑤였다.

---

* **레이스업 구두** 1920년대 서양 문물의 영향을 받은 일본의 도시 남자들(모던 보이스)이 즐겨 신던 신식 구두. 당시 새로운 문화를 수용하던 도시 중산층의 세련된 멋을 상징한다.

** **마이코** 효고현 고베 근교의 해수욕장이자 휴양지. 근대 이후 오사카와 고베 사람들의 대표적인 피서지로 인기를 끌었다.

마침내 늦더위가 꺾이고 초가을로 넘어가던 무렵의 어느 날 아침이었다. 출근하려던 남편이 땀에 젖은 목깃을 갈아 끼우려고 했다.* 그런데 하필이면 그날따라 목깃은 하나도 남김없이 세탁소에 맡겨져 있었다. 평소 단정하기 이를 데 없는 남편은 못마땅한 듯 얼굴을 찌푸렸다. 그러고는 바지에 달린 멜빵을 어깨에 걸치며 비아냥거리듯 말했다.

 "소설만 쓰고 있으면 곤란하잖아."

 노부코는 말없이 시선을 떨군 채 윗옷의 먼지를 털었다.

 그 뒤 이틀, 사흘쯤 지난 저녁 무렵, 남편은 석간신문에 실린 식량 문제 기사를 읽고는 달마다 드는 경비를 좀 줄일 수 없겠냐고 했다.

 "당신이 언제까지고 여학생은 아니잖아."

 남편은 이런 말까지 했다. 노부코는 마음에도 없는 대답을 하면서 남편의 넥타이에 자수를 놓았다. 그러자 남편은 평소의 그답지 않게 집요하다 싶을 정도로 따지고 들었다.

 "그 넥타이도 그래, 사는 게 오히려 싸지 않겠어?"

 노부코는 말문이 막혀 더는 대꾸하지 않았다. 남편도 결국에는 쑥스러운 표정을 지으며 상업 잡지인지 뭔지 시답잖은 책자를 들추어보았다.

---

* 1920년대 일본 회사원들은 대부분 '분리형 목깃'이 달린 셔츠를 입었다.

침실 전등을 끈 노부코는 남편에게 등을 돌리고 앉아 속삭이듯 조용히 말했다.

"앞으로 소설 따위 쓰지 않을게요."

남편은 아무 말이 없었다. 잠시 뒤 노부코는 망설이다가 그 말을 아까보다 더 작은 목소리로 되풀이했다. 그러고는 조용히 훌쩍였다. 남편은 두어 마디 나무라는 말을 건넸다. 그 뒤에도 노부코의 흐느낌은 좀처럼 멎지 않았다. 그런데 어느 틈엔가 노부코는 남편에게 기대어 있었다….

이튿날 두 사람은 다시 원래대로 사이좋은 부부로 돌아와 있었다. 그런데 자정이 넘어도 남편이 회사에서 돌아오지 않는 날이 하루이틀씩 생겨났다. 게다가 집에 간신히 돌아와도 남편은 비옷조차 혼자서 벗지 못할 만큼 술에 절어 있곤 했다.

노부코는 얼굴을 찌푸리면서도 남편 옷을 성심껏 갈아입혔다. 그럼에도 남편은 꼬인 혀로 비아냥거리기 일쑤였다.

"내가 늦게 들어왔으니까 오늘 밤은 소설이 꽤 많이 진척되었겠네."

이런 말이 여성스러운 남편 입에서 한두 번 흘러나온 게 아니었다.

그런 말을 들은 어느 날 밤, 침대에 누운 노부코는 자기도 모르게 눈물을 흘렸다.

'데루코가 이런 내 모습을 보면 얼마나 안타까워할까? 나와 함께 펑펑 울겠지. 데루코, 데루코…. 내가 의지할 사람은 오직 너 하나뿐이야.'

노부코는 이따금 남편의 술 냄새 밴 숨결 때문에 괴로운 나머지 거의 한숨도 자지 못한 채 속으로 동생 이름을 부르며 밤새도록 뒤척이곤 했다. 하지만 이튿날이 되면 언제 그랬느냐는 듯 사근사근하게 남편을 대했다.

그런 일이 몇 번 되풀이되는 사이, 가을이 점점 깊어 갔다. 언제부터인가 노부코는 책상 앞에 앉아 펜을 쥐는 일이 거의 없었다. 남편도 이제 더는 노부코의 문학 이야기를 예전처럼 신기해하며 듣지 않았다. 어느새 두 사람은 밤마다 화로를 사이에 두고 앉아 자잘한 집안 살림 이야기로 시간을 보내는 법을 터득했다. 반주를 마신 남편에게 그런 이야기만큼 흥미로운 것은 없어 보였다.

어느 날 노부코는 살림 이야기에 빠져 있는 남편의 얼굴을 가여운 눈초리로 물끄러미 바라보았다. 하지만 남편은 그러거나 말거나 요즘 기르기 시작한 수염을 만지작거리며 평소보다 훨씬 활기차게 말했다.

"여기에다 아이까지 생긴다고 생각해 봐…."

남편은 그런 이야기를 시시콜콜 늘어놓았다.

그런데 그 무렵부터 월간 잡지에 사촌오빠 슌키치의 이름이 보이기 시작했다. 노부코는 결혼하고 나서 마치 까맣게 잊은 듯 슌키치와의 연락을 끊고 지냈다. 슌키치가 대학을 졸업했다든지, 동인지를 발간하기 시작했다는 등의 소식만 여동생의 편지를 통해 간간이 접했을 뿐이었다. 게다가 그 이상으로 슌키치에 대해 알고 싶은 마음이 들지도 않았다. 그러나 잡지에 실린 슌키치의 소설을 보자, 옛날과 똑같은 그리움이 가슴 가득 밀려왔다. 노부코는 책장을 넘기며 몇 번이나 혼자서 미소 지었다.

슌키치는 소설 속에서도 냉소와 해학이라는 두 가지 무기를 마치 미야모토 무사시*처럼 능수능란하게 다루고 있었다. 그런데 왠지 모르게 그 경쾌한 풍자 뒤에는 지금까지의 사촌오빠에게서 느껴보지 못한, 쓸쓸하면서도 자포자기한 듯한 분위기가 감도는 듯했다. 동시에 노부코는 그렇게 느끼는 자신에 대해서도 씁쓸한 기분이 들지 않을 수 없었다.

그 뒤로 노부코는 남편을 더욱 다정하게 대했다. 남편은 추운 겨울밤 화로 건너편에서 언제나 환히 웃는 아내의 얼굴

---

* **미야모토 무사시** 일본의 전설적인 검객 (1584~1645). 두 자루 칼을 동시에 다루는 검술로 유명하다.

을 발견했다. 그 얼굴은 전보다 한결 젊어 보였는데, 아내는 늘 화장하고 있었다. 노부코는 바느질감을 펼쳐 놓고, 도쿄에서 결혼식을 올리던 무렵의 추억을 이야기하곤 했다. 남편은 노부코가 세세한 부분까지 생생히 기억하고 있는 점에 감탄하며 기뻐했다.

"당신은 그런 것까지 잘도 기억하고 있군."

남편이 이렇게 놀리듯 말하면, 노부코는 애교 어린 눈빛으로 답하곤 했다. 그러면서 자신이 왜 그토록 지난 일을 잊지 못하고 있는지 스스로 의아하게 생각하곤 했다.

그로부터 얼마 지나지 않아 어머니에게서 편지 한 통이 날아왔다. 동생의 약혼 예물 교환이 끝났다는 내용이었다. 편지에는 슌키치가 데루코를 아내로 맞아들이기 위해 야마노테* 교외에 신혼집을 마련했다는 내용도 들어 있었다. 노부코는 곧바로 어머니와 동생에게 축하한다는 내용의 긴 편지를 썼다.

'아무래도 이쪽은 일손이 부족해 마음과 다르게 결혼식에 참석할 수 없을 듯한데….'

이런 문장을 쓰는 동안 (왜 그런지는 알 수 없으나) 펜이

---

* **야마노테** 도쿄의 서북부 언덕 지대. 근대 이후 중산층 이상의 주거지로 인식되었으며, '세련된 교외 생활'의 상징처럼 여겨졌다.

자꾸만 멈추었다. 그때마다 노부코는 눈을 들어 바깥의 소나무 숲을 바라보았다. 초겨울 하늘 아래 소나무 숲은 그 어느 때보다 검푸른 빛으로 울창하게 우거져 있었다.

그날 밤 노부코와 남편은 데루코의 결혼을 놓고 이야기를 나누었다. 노부코가 동생 흉내를 내며 말하자, 남편은 특유의 엷은 미소를 지으며 재미있다는 듯 귀를 기울였다. 그런데 노부코는 왠지 모르게 데루코에 대한 이야기를 남편이 아닌 자신에게 들려주는 것 같은 기분이 들었다.

"이제 그만 잘까?"

두세 시간이 지나자, 남편은 고단한 듯 수염을 쓰다듬으며 화로 곁을 떠나려고 일어섰다. 동생에게 줄 축하 선물을 정하지 못한 노부코는 부젓가락으로 무심코 재 위에 글자를 썼다. 그러다 문득 고개를 들고 말했다.

"조금 묘한 기분이 드네요. 나한테도 남자 동생이 생긴다고 생각하니 말이에요."

"당연한 일 아닌가? 여동생이 결혼하잖아."

노부코는 남편의 말에 아무런 대꾸도 하지 않고 생각에 잠긴 눈빛으로 소나무 숲을 바라보았다.

데루코와 슌키치는 음력 섣달 중순에 결혼식을 올렸다. 그날은 정오 무렵부터 희끗희끗한 눈발이 흩날리기 시작했다. 노부코는 혼자서 점심 식사를 마쳤는데, 생선을 먹은 탓에 비린내가 입안에 남아 한참 동안 떠나지 않았다.

"도쿄에도 눈이 내리고 있을까?"

노부코는 그렇게 중얼거리며 어두운 다다미방의 화로 앞에 우두커니 앉아 있었다. 눈발은 점점 더 거세졌다. 하지만 입안의 비린내는 끈질기게도 사라지지 않고 있었다.

3

이듬해 가을, 노부코는 회사의 지시를 받은 남편과 함께 오랜만에 도쿄 땅을 밟았다. 남편은 짧은 체류 기간 동안 처리할 일이 많아, 도쿄에 도착하자마자 노부코의 어머니 댁에 잠깐 들른 것 말고는 하루도 함께 외출할 틈이 없었다. 결국 노부코는 도쿄 교외에 있는 동생 부부의 신혼집을 찾아갈 때도 신시가지가 들어선 전차 종점에서 내려 혼자 인력거를 타야 했다.

동생 부부의 집은 시가지가 파밭으로 바뀌는 경계쯤에 있었다. 주위에는 새로 지어 세를 놓은 듯한 집들이 처마를 맞댄 채 다닥다닥 붙어 있었다. 처마 밑에 달린 대문이며, 붉게 칠한 울타리며, 장대에 널린 빨래며, 집들이 그만그만해 보였다. 노부코는 지극히 평범한 풍경에 조금 실망했다.

그런데 노부코가 대문 밖에서 사람을 부르자, 사촌 오빠 슌키치가 뜻밖에도 모습을 드러냈다. 슌키치는 예전처럼 "이야!" 하고 쾌활하게 목소리를 높였다. 그는 어느새 대학생 때와는 딴판이 되어 있었다.

"오랜만이네."

"그러게. 어서 안으로 들어와. 나 혼자뿐이지만 말이야."

"데루코는? 집에 없어?"

"외출했어. 하녀는 심부름 갔고."

노부코는 쑥스러운 듯 묘한 기분으로 안감이 눈에 띄게 화려한 코트를 벗어 현관 한쪽에 조심스레 두었다.

이윽고 슌키치는 노부코를 서재 겸 응접실로 쓰는 다다미 여덟 장짜리 방으로 안내했다. 방 안 여기저기에 책이 어지럽게 쌓여 있었다. 특히 오후 햇살이 비스듬히 비쳐 드는 장지문 옆의 자그마한 자단 책상 주위에는 신문이며 잡지며 원고지 등이 뒤섞여 정리할 엄두조차 나지 않을 정도였다. 그처럼 지저분한 방 안에서 새색시의 존재를 알려 주는 것은 벽에 비스듬히 세워 둔 새 고토* 한 대뿐이었다. 노부코는 그

---

* **고토** 거문고와 비슷한 모양의 일본 전통 현악기.

런 방안 풍경에서 한동안 눈을 떼지 못했다.

"온다는 소식은 편지를 통해 알았지만, 설마 오늘 올 줄은 몰랐어."

슌키치는 담배에 불을 붙이며 반가운 눈빛을 띠었다.

"오사카 생활은 어때?"

"오빠야말로 어때? 행복해?"

두어 마디 주고받는 사이, 노부코는 예전의 정겨운 마음이 되살아나는 것을 느꼈다. 제대로 된 편지 하나 오가지 않았던 지난 2년여의 어색한 기억이 생각만큼 께름칙하지 않았다.

둘은 화로 하나에 손을 쬐면서 그동안 못다 한 이야기를 주고받았다. 슌키치의 소설, 서로 아는 사람들에 대한 소식, 도쿄와 오사카의 차이 등등, 이야깃거리는 셀 수 없을 만큼 많았다. 다만 두 사람은 약속이라도 한 듯 서로의 살림살이에 대해서는 일절 말하지 않았다. 노부코는 그러는 것이 마음 편했다. 사촌 오빠와 이야기하고 있다는 실감도 더 강하게 들었다.

이따금 침묵이 둘 사이에 놓이기도 했다. 그럴 때마다 노부코는 미소를 지으며 시선을 화로 속 재로 떨어뜨렸다. 그런 동작에는 기다린다고 말할 수 없을 만큼 어렴풋한, 무언가를 바라는 마음이 깃들어 있었다. 그런데 우연인지 고의인지, 슌키치는 곧바로 새로운 이야깃거리를 꺼내 노부코의 그런 마음을 여지없이 깨뜨렸다. 노부코는 사촌 오빠의 얼굴을 살피고 싶은 마음이 점점 강하게 들었다. 노부코가 그러거나 말거나 슌키치는 일부러 표정을 감추는 기색도 없이 태연하게 담배 연기를 내뿜었다.

두 사람이 그러고 있을 때 마침 데루코가 돌아왔다. 데루코는 언니 얼굴을 보자, 반갑게 달려와 두 손을 맞잡고 기뻐했다. 노부코의 입술은 웃고 있었지만, 눈가에는 어느새 눈물이 가득 고여 있었다. 둘은 한동안 슌키치마저 잊은 채 지난해의 생활에 대해 서로 묻기도 하고 들려주기도 했다. 특히 데루코는 흥분한 듯 뺨을 붉히며, 여태 기르고 있는 닭 이야기를 들려주었다. 슌키치는 담배를 문 채 만족스러운 표정으로 두 사람을 바라보며 미소를 지었다.

잠시 뒤 하녀도 돌아왔다. 슌키치는 하녀에게서 엽서 몇 장을 받아 들고는 옆에 있는 책상에 앉아 부지런히 펜을 놀렸다. 데루코는 하녀까지 집을 비운 것이 뜻밖이라는 듯 놀란 표정을 지었다.

"그럼, 언니가 왔을 때 집에 아무도 없었던 거야?"

"응, 오빠만 있었어."

노부코는 이렇게 대답하고 나서, 자신이 태연한 척을 억지로 하고 있다는 생각이 들었다.

"서방님께 감사해. 그 차도 내가 끓인 거야."

책상 앞에 앉은 슌키치가 고개도 돌리지 않은 채 말했다. 데루코는 노부코와 눈을 마주치고는 장난스레 웃었다. 하지만 남편 말에는 못 들은 척 아무 대꾸도 하지 않았다.

얼마 뒤 노부코는 동생 부부와 함께 저녁 밥상 앞에 앉았다. 데루코는 밥상에 오른 달걀이 전부 집에서 기르는 닭이 낳은 것이라고 했다.

"인간의 생활은 약탈에 의해 지탱되는 거야. 이 달걀만 해도 그래…."

슌키치는 노부코에게 와인을 권하며 사회주의를 흉내 낸 듯한 이론을 늘어놓았다. 그런데 셋 중 달걀에 가장 애착을 보인 사람은 다름 아닌 슌키치였다. 데루코는 이번에도 노부코를 바라보며 아이처럼 깔깔 웃었다. 노부코는 그 같은 식탁의 분위기 속에 있으면서도, 멀리 소나무 숲의 쓸쓸한 거실의 저녁을 떠올렸다.

동생 부부와의 이야기는 식사 뒤 과일을 먹고 나서도 계속 이어졌다. 취기가 살짝 오른 슌키치는 전등 아래 책상다리를 하고 앉아서 밤늦도록 특유의 궤변을 늘어놓았다. 그의 거침없는 말솜씨 덕에 노부코는 다시 젊어진 것 같은 기분이 들었다.

"나도 다시금 소설 써 볼까?"

슌키치는 노부코 말에 대답 대신 구르몽*의 경구를 툭 던졌다.

"뮤즈들은 여자이므로 그녀들의 마음을 사로잡을 수 있는 건 남자뿐이다."

노부코와 데루코는 손을 맞잡고 구르몽의 권위를 인정하지 않았다.

"그럼 여자가 아니면 음악가가 될 수 없다는 건가요? 아폴로는 남자잖아요."

데루코가 사뭇 진지하게 따지듯 말했다.

이런 이야기를 주고받는 사이, 밤은 깊어 갔다. 노부코는 결국 하룻밤 묵기로 했다.

잠자리에 들기 전, 슌키치는 툇마루의 미닫이문을 열고 잠옷 차림으로 자그마한 정원에 내려섰다. 그러고는 누구에게랄 것도 없이 잠깐 나와 보라고 말했다.

"달이 아주 보기 좋아서 그래."

---

* **구르몽** 레미 드 구르몽(Rémy de Gourmont. 1858~1915), 프랑스 상징주의 문학 운동의 주요 인물로 시인, 소설가, 문학 평론가로 이름을 떨쳤다.

노부코는 홀로 슌키치의 뒤를 따라 나와, 디딤돌 위에 놓인 정원용 나막신을 신었다. 버선을 벗은 맨발에 차가운 이슬이 스며들 듯 닿았다.

달은 정원 구석의 앙상한 노송나무 가지 끝에 걸려 있었다. 슌키치는 노송나무 아래 서서 어스레한 밤하늘을 올려다보고 있었다.

"풀이 너무 많이 자라 있네."

노부코는 손질이 되지 않아 거칠어진 정원을 탓하듯 중얼거리며, 슌키치 쪽으로 조심스레 다가갔다.

"그러고 보니 오늘이 쥬산야*구나."

슌키치는 여전히 밤하늘을 올려다보면서 혼잣말하듯 중얼거렸다.

한동안 침묵이 흐른 뒤, 슌키치가 조용히 고개를 돌려 물었다.

"닭장에 가 볼래?"

노부코는 말없이 고개를 끄덕였다.

닭장은 노송나무 반대편 정원 구석에 있었다. 두 사람은 어깨를 나란히 하고 천천히 걸었다. 울타리처럼 멍석이 둘

---

* **쥬산야** 十三夜. 음력 13일 밤 또는 그 밤의 달. 일본에서는 음력 9월 13일 밤, 달을 감상하는 풍습이 있다.

러쳐진 닭장 안은 닭 냄새가 밴 희미한 빛과 그림자뿐이었다. 슌키치는 닭장 안을 들여다보며 혼잣말처럼 속삭였다.

"자고 있나 보네."

노부코는 풀밭에 우두커니 서서 생각했다. '사람에게 알을 빼앗긴 닭이라니….'

정원에서 돌아와 보니, 데루코가 남편의 책상 앞에서 전등을 멍하니 올려다보고 있었다. 파란 풀멸구 한 마리가 갓 위를 기어가고 있는 전등을.

4

이튿날 아침, 슌키치는 식사를 마치자마자 한 벌뿐인 질 좋은 양복을 차려입고 현관으로 나섰다. 오늘이 죽은 친구의 일주기라서 묘소에 다녀오겠다고 했다.

"알았지? 기다려야 해. 정오쯤엔 꼭 돌아올 테니까."

슌키치는 외투를 걸치며 노부코에게 당부했다. 하지만 노부코는 가냘픈 손에 슌키치의 중절모를 든 채 말없이 미소만 지었다.

남편을 배웅하고 돌아온 데루코는 언니를 화로 맞은편에

앉히고 부지런히 차를 내왔다. 데루코에게는 옆집 부인 이야기, 집까지 찾아오는 신문기자들 이야기, 슌키치와 함께 관람한 외국 오페라단 이야기 등, 아직도 들려줄 재미있는 이야깃거리가 꽤 많이 남아 있었다.

하지만 노부코의 마음은 왠지 가라앉아 있었다. 문득 정신을 차리고 보니, 동생이 이야기하는 동안 자신은 내내 건성으로 대답만 하고 있었다. 그 무심한 태도가 결국 데루코의 눈에 띄었다. 데루코가 걱정스러운 눈빛으로 노부코의 얼굴을 들여다보며 물었다.

"왜 그래?"

하지만 노부코도 자신이 왜 그러는지 분명하게 알 수 없었다.

괘종시계가 열 시를 알릴 때, 노부코는 나른한 눈빛으로 시계를 바라보며 힘없이 말했다.

"오빠, 안 오네."

데루코도 언니 말에 이끌려 시계를 힐끗 올려다보았다. 그러고는 의외로 담담한 표정을 지으며 짧게 말했다.

"아직….."

노부코는 그 한마디 속에서, 남편의 사랑에 충분히 만족하는 젊은 아내의 마음을 느꼈다. 그러자 기분이 더욱더 우울한 쪽으로 기울었다.

"데루코는 행복하구나."

노부코는 턱을 반쯤 옷깃에 파묻으며 농담처럼 말했다. 하지만 말 속에 스며든 부러움의 감정만은 숨길 수 없었다.

데루코는 천진난만한 웃음을 지으며 노부코에게 장난스레 눈을 흘겼다.

"그 말 기억해 둘게."

그리고 나서는 응석 부리듯 덧붙였다.

"언니도 행복하잖아."

동생의 말이 노부코의 가슴을 콕 찔렀다. 노부코는 눈을 살짝 치켜뜨며 되물었다.

"정말 그렇다고 생각해?"

노부코는 이렇게 물은 것을 곧바로 후회했다. 데루코도 잠시 묘한 표정을 짓더니 노부코와 눈을 마주쳤다. 데루코 얼굴에도 후회의 빛이 스쳤다. 노부코는 애써 미소 지었다.

"동생이 나를 그렇게 생각해 주다니, 나는 그것만으로도 행복해."

둘 사이에 침묵이 흘렀다. 괘종시계가 째깍째깍 시각을 새기는 소리, 화로 위의 주전자에서 새어 나오는 물 끓는 소리만 조용히 방 안을 채웠다.

"형부는 다정한 사람이잖아?"

이윽고 데루코가 조심스레 물었다. 그 목소리에는 안쓰러움이 배어 있었다. 순간, 노부코의 마음이 편치 않았다. 무엇보다 자신을 향한 동생의 연민이 거슬렸다. 노부코는 신문을 무릎 위에 펼쳐 놓고 지면에 시선을 고정한 채 아무 대꾸도 하지 않았다. 신문에는 오사카에서와 마찬가지로 쌀값 파동 기사가 실려 있었다.

얼마 뒤, 조용한 방 안에 희미하게 흐느끼는 소리가 조금씩 퍼지기 시작했다. 노부코는 신문에서 눈을 떼고 화로 건너편의 데루코를 바라보았다. 데루코는 소매에 얼굴을 파묻고 있었다.

"울 일도 아닌데 왜 울어?"

노부코는 데루코를 달랬지만 데루코는 쉽게 울음을 그치지 않았다.

그때 노부코는 묘한 감정을 느꼈다. 잔혹한 기쁨이라고밖에 부를 수 없는 감정이었다. 들썩이는 동생의 어깨에 조용히 시선을 얹고, 하녀의 귀를 의식하며 몸을 기울여 나지막이 말했다.

"내가 잘못했다면 사과할게. 나는 데루코 너만 행복하면 그만이야. 그게 내게는 가장 고마운 일이라고. 정말이야.

슌키치 오빠가 데루코 너를 사랑해 주기만 하면….”

말을 잇는 동안 노부코의 목소리도 자신의 말에 취한 듯 점점 감상적으로 변했다. 그때 데루코가 갑자기 소매를 내리고 눈물 젖은 얼굴을 들었다. 놀랍게도 그 눈에는 슬픔도, 분노도 담겨 있지 않았다. 단지 눈동자만이 억누를 수 없는 질투로 이글거리며 붉게 타오르고 있었다.

"그럼… 언니는…. 왜 언니는 어젯밤에도….”

데루코는 말을 제대로 잇지 못하고 다시금 얼굴을 소매에 파묻고는 발작하듯 격렬하게 울기 시작했다.

두어 시간이 지나고 노부코는 서둘러 전차 종점으로 가려고 덮개를 씌운 인력거에 몸을 실었다. 노부코의 눈에 들어오는 바깥세상은 덮개 앞부분을 네모나게 잘라서 만든 셀룰로이드 창을 통해서만 보였다. 고만고만한 변두리 집들과 단풍 든 잡목 가지들이 느릿느릿 그러나 끊임없이 뒤로 흘러갔다. 붙박인 듯 제자리에 남아 있는 것은 오직 옅은 구름이 떠 있는 차가운 가을 하늘뿐이었다.

노부코의 마음은 고요했다. 하지만 그 고요를 지배하는 것은 쓸쓸한 체념이었다. 데루코의 격렬한 울음이 가라앉은 뒤, 둘은 새로운 눈물과 함께 손쉽게 화해했고 다시 다정한 자매로 돌아왔다. 하지만 사실은 사실로 노부코의 마음에 남아 있었다. 사촌 오빠가 돌아오기를 기다리지 않고 인력거에 오른 순간, 이제 동생과는 영원히 남남이 되었다는 차가운 기운이 노부코의 가슴을 얇은 얼음처럼 얼렸다.

얼마쯤 가다가 노부코는 문득 고개를 들었다. 셀룰로이드 창 너머로 지팡이를 쥔 사촌 오빠 슌키치가 어수선한 거리를 걸어오는 모습이 보였다. 노부코의 마음은 크게 흔들렸다. 인력거를 세울까? 아니면 그냥 스쳐 지나갈까? 노부코는 덮개 아래에서 한동안 뛰는 가슴을 다독이며 망설이고 또 망설였다. 그러는 사이, 슌키치와의 거리는 꽤 가까워졌다. 슌키치는 옅은 햇살을 받으며 웅덩이가 많은 거리를 천천히 걸어오고 있었다.

'오빠.'

이 말이 노부코의 입술 사이에서 새어 나오려는 찰나, 슌키치는 인력거 바로 옆까지 다가와 있었다. 하지만 노부코는 여전히 망설였다. 아무것도 모르는 슌키치는 덮개를 씌운 인력거 옆을 그냥 스치고 지나갔다.

옅게 흐린 하늘, 듬성듬성 서 있는 집들, 노랗게 물든 나무들 뒤에는 인적이 드문 변두리 마을의 변함없는 풍경만 덩그러니 남아 있었다.

"가을."

노부코는 차가운 덮개 아래에서 온몸으로 파고드는 쓸쓸한 기운을 느끼며 무심코 이 말을 되뇌었다.

비통한 사건

A Painful Case

제임스 조이스(James Joyce, 1882~1941)

아일랜드 더블린 출신. 20세기 모더니즘 문학을 대표하는 작가다. 《더블린 사람들》, 《젊은 예술가의 초상》 등에서 도시와 인간의 내면을 치밀하게 묘사했으며, 《율리시스》를 통해 의식의 흐름 기법과 실험적인 서사 구조로 문학의 지평을 넓혔다. 복잡하면서도 정교한 문체는 현대문학의 형식과 언어에 깊은 영향을 끼쳤다.

―

　제임스 더피 씨가 채플리조드에 사는 건 자신이 시민으로 속한 도시에서 가능한 한 멀리 떨어져 살고 싶었기 때문이고, 더블린의 다른 근교는 모두 천박하고, 새로운 것에만 매달리며, 겉치레만 번드르르한 곳처럼 느껴졌기 때문이다. 그가 사는 집은 오래되고 음울했다. 창문에서는 버려진 증류소가 내려다보였고, 더블린을 품고 흐르는 얕은 강이 보였다. 카펫 하나 없는 방의 높은 벽에는 어떤 그림도 걸려 있지 않았다. 방 안의 가구는 모두 그가 직접 고른 것이었다. 검은 철제 침대, 철제 세면대, 등나무 의자 네 개, 옷걸이, 석탄통, 화로 받침과 쇠집게 그리고 이중 서랍이 놓인 네모난 탁자 하나. 벽면 움푹 팬 곳에는 흰 나무 선반을 얹어 만든 책장이 있었다. 침대에는 하얀색 침구가 깔려 있었고, 검정과 진홍빛의 러그가 발치를 덮고 있었다. 작은 손거울이 세면대 위에 걸려 있었으며, 낮 동안 벽난로 선반 위에는 흰 갓을 씌운 램프 하나가 유일한 장식처럼 놓여 있었다. 흰 나무 선반 위의 책들은 두께에 따라 아래에서 위로 정리되어 있었다. 맨 아래 칸 한쪽 끝에는 워즈워스 전집이,

맨 위 칸에는 공책의 천 표지를 덧씌운《메이누스 교리문답》이 있었다. 탁자 위에는 언제나 필기도구가 놓여 있었다. 서랍 안에는 자줏빛 잉크로 지문을 적어둔 하우프트만의《미카엘 크라머》번역 원고가 있었고, 또 황동 핀으로 고정한 작은 종이 묶음이 있었다. 그 안에는 그가 때때로 적어 넣은 문장들이 있었고, 냉소가 치밀 때면 위장약 '바일 빈즈' 광고의 머리글을 첫 장에 붙여놓곤 했다. 서랍 뚜껑을 열면 은은한 향이 새어 나왔다. 새로 산 삼나무 연필 냄새일 수도, 고무풀 병 냄새일 수도, 아니면 오래전에 넣어두고 잊은, 곯은 사과 냄새일 수도.

더피 씨는 육체나 정신의 혼란을 암시하는 모든 것을 혐오했다. 중세의 의사라면 그를 '음울한 토성 기질'이라 불렀을 것이다. 그의 얼굴에는 세월의 흔적이 모두 드러나 있었고, 더블린 거리의 색처럼 갈색빛을 띠었다. 길고 약간 큰 머리에는 검고 메마른 머리카락이 나 있었으며, 갈색 콧수염은 무뚝뚝한 입을 완전히 가리지 못했다. 높은 광대뼈가 거친 인상을 주었지만, 눈만은 달랐다. 누런 눈썹 아래의 눈빛에는 사람들 속에서 무언가 선한 것을 믿고 싶어 하면서도, 번번이 실망해 온 사람의 기색이 담겨 있었다. 그는 언제나 자신의 몸에서 한 걸음 떨어져 사는 사람처럼 보였다.

마치 자기 행동을 믿지 못하겠다는 듯, 늘 의심스러운 눈길로 스스로를 바라보곤 했다. 그런 그에겐 특이한 습관이 있었다. 마음속에서 자신을 삼인칭 주어와 과거시제로 묘사하는 짧은 문장을 떠올려 보는 일, 일종의 내면적 자서전 쓰기였다. 그는 구걸하는 사람에게는 결코 돈을 주지 않았고, 단단한 개암나무 지팡이를 짚고 언제나 꼿꼿하게 걸었다.

그는 오랫동안 배고트 스트리트에 있는 한 민간은행의 출납원으로 일했다. 매일 아침 채플리조드에서 전차를 타고 시내로 나왔다. 점심시간이 되면 댄 버크의 식당에 들러 라거 맥주 한 병과 칡 비스킷 한 접시를 먹었다. 오후 네 시가 되면 퇴근했다. 저녁은 조지 스트리트의 식당에서 먹었는데, 그곳에서는 더블린의 돈 많은 청년들로부터 벗어나 있다는 안도감을 느꼈고, 메뉴는 소박하고 정직했다. 저녁 시간은 하숙집 여주인의 피아노 앞에서 보내거나 도시의 변두리를 거닐곤 했다. 모차르트의 음악을 좋아해서 가끔 오페라나 연주회를 보러 가기도 했는데 그 일이 그의 유일한 '일탈'이었다.

그에게는 친구도, 동료도, 교회도, 신앙도 없었다. 그는 다른 이들과 거의 교류하지 않은 채, 자신만의 정신적 삶을 꾸려 갔다. 성탄절에는 친척을 찾아가고, 그들이 세상을 떠나면 묘지까지 배웅했다. 그나마 이 두 가지 사회적 의무를 다하는 것은 낡은 권위를 지키기 위한 형식일 뿐, 시민 생활의 관습에는 더 이상 어떤 양보도 하지 않았다. 그는 가끔 어떤 극단적인 상황이라면 자신이 다니는 은행을 털 수도 있으리라 상상했으나, 그런 일은 결코 일어나지 않았다. 그의 인생은 그렇게 한결같이 흘러갔다. 모험 하나 없는 이야기처럼.

어느 날 저녁, 더피 씨는 로턴더 홀에서 두 여인의 옆자리에 앉게 되었다. 객석은 듬성듬성 차 있었고, 공연장은 조용했다. 그 정적 속에는 공연의 실패를 예감케 하는 쓸쓸한 기운이 감돌았다. 그의 곁에 앉은 여인은 텅 빈 객석을 한두 번 둘러보더니 말했다.

"오늘은 관객이 너무 적네요. 빈자리를 두고 노래하는 게 얼마나 힘든 일인데요."

그는 그 말을 대화의 초대로 받아들였다. 그녀가 아무 망설임 없이 말을 건넨다는 사실이 의외였다. 그는 이야기를 나누는 동안 그녀의 얼굴과 태도를 마음속에 또렷이 새겨두려 했다. 옆에 앉은 젊은 여인이 그녀의 딸이라는 것을 알게 되자, 그녀가 자신보다 한두 살쯤 젊을 것이라고 짐작했다. 그녀의 얼굴은 한때 아름다웠을 것이며, 지금도 여전히 지적인 인상을 지니고 있었다. 갸름한 얼굴선, 뚜렷한 이목구비, 그리고 깊고 짙은 푸른 눈동자에는 차분한 빛이 감돌았다. 처음엔 그녀의 시선이 다소 당돌해 보였다. 그러나 동공이 홍채 속으로 스며들 듯 사라지자, 그 눈빛은 잠시 부드럽고 감수성 어린 빛으로 바뀌었다. 이내 동공이 다시 또렷이 드러나자, 막 고개를 내밀던 감수성은 신중함에 눌려 사라졌다. 하지만 그녀의 양털 재킷은 가슴선을 도드라지게 해, 그 당돌한 인상을 한층 더 분명하게 했다.

그는 몇 주 뒤, 얼스포트 테라스에서 열린 연주회에서 그녀를 다시 만났다. 딸이 잠시 한눈을 판 사이, 그는 그녀와 조금 더 가까이 이야기를 나눌 수 있었다. 그녀는 한두 번 남편을 언급했지만, 그 말투에는 어떤 경계심도 묻어 있지 않았다. 그녀의 이름은 시니코 부인이었다. 남편의 고조부는 레그혼 출신이었고, 남편은 더블린과 네덜란드를 오가는 상선의 선장이었다. 그들에겐 딸이 하나 있었다.

그녀를 세 번째로 우연히 마주친 자리에서, 그는 마침내 용기를 내어 만날 약속을 잡았다. 그녀는 약속에 나왔다. 그것이 여러 번 이어지는 만남의 첫 번째였다. 두 사람은 늘 저녁 무렵에 만나, 함께 걷기 좋은 조용한 동네를 골라 산책했다. 그러나 더피 씨는 떳떳하지 못한 관계의 형태를 싫어했다. 그들이 남몰래 만날 수밖에 없다는 사실을 깨닫자, 그는 그녀에게 자신을 집으로 초대해 달라고 말했다. 시니코 선장은 오히려 그의 방문을 반겼다. 그는 그것을 딸의 혼담이 오가는 일로 여겼기 때문이다. 선장은 이미 아내를 자기 인생의 즐거움에서 완전히 제외해 둔 사람이었기에, 다른 누가 그녀에게 관심을 가질 것이라곤 상상조차 하지 못했다. 남편은 자주 집을 비웠고, 딸은 음악 레슨으로 집을 비웠으므로, 더피 씨에게는 그녀와 함께 시간을 보낼 기회가 많았다. 그도 그녀도 이런 모험은 처음이었다. 그러나 그들 가운데 누구도 그것이 부적절한 관계임을 자각하지 못했다. 그는 조금씩 자신의 생각을 그녀의 생각에 엮어 넣었다. 책을 빌려주고, 사상을 나누며, 자신의 지적인 세계를 그녀에게 열어 보였다. 그녀는 모든 이야기에 귀를 기울였다.

때로 그녀는 그의 이론에 대한 답례로 자신의 삶에 관한 사소한 일을 털어놓았다. 그녀는 거의 모성적인 배려로 그의 본성을 온전히 드러내 보이라고 다그쳤고, 결국 그녀는 그의 고해신부가 되었다. 그는 한동안 아일랜드 사회주의자 모임에 참석했던 일을 이야기했다. 신통치 않은 등잔불이 밝히는 다락방에서, 스무 명 남짓한 근엄한 노동자들 사이에 앉아 있으니 자신이 특별한 존재처럼 느껴졌다고 했다. 그 무리가 세 파로 갈라져 각자 지도자와 다락방을 따로 두게 되자, 그는 출석을 그만두었다고 했다. 그는 노동자들이 토론에는 몸을 사리면서, 임금 문제에는 지나치게 집착한다고 말했다. 그는 그들이 고단한 현실주의자들이라, 여유로운 사람들에게서만 나올 수 있는 그 꼼꼼함을 거슬려하는 것 같다고 했다. 그는 그녀에게 몇 세기가 지나도 더블린에서는 사회주의 혁명 같은 일은 일어나지 않을 것이라고 말했다.

그녀가 왜 이런 생각을 글로 적지 않느냐고 묻자, 그는 차분하지만 날이 선 말투로 되물었다. 무슨 소용이 있겠습니까? 단 1분도 논리를 이어가지 못하는 말장난꾼들과 경쟁이라도 하자는 겁니까? 도덕을 경찰에 맡기고 미술은 흥행사에게 맡겨버린 둔감한 중산층의 비평에 자신을 내맡기자고요?

그는 자주 더블린 교외에 있는 그녀의 작은 집을 찾았다. 그들은 종종 저녁 시간을 단둘이 보냈다. 조금씩 둘의 생각이 얽히자, 대화의 주제도 점점 사적인 이야기들로 옮겨갔다. 그녀의 존재는 마치 이국적인 식물을 감싸 주는 따뜻한 흙과 같았다. 그녀는 여러 번, 불을 켜지 않은 채 어둠이 그들 위로 내려앉도록 내버려두었다. 조심스레 어둠이 깔린 방, 두 사람의 고립 그리고 아직 귀에 남은 음악의 진동이 그들을 하나로 묶었다. 이 결합은 그를 고양시켰고, 그의 모난 성격을 닮게 했으며, 그의 정신적 삶에 감정을 불어넣었다. 때때로 그는 자기 목소리에 귀 기울이는 자신을 발견하곤 했다. 그는 그녀의 눈 속에서 자신이 천상의 존재로 고양되는 듯 느꼈다. 그리고 그녀의 열정적인 본성을 점점 더 가까이 끌어안을수록, 그는 낯설고도 차가운 목소리를 들었다. 그는 그 목소리가 자신의 것임을 알아차렸다. 그 목소리는 회복할 수 없는 영혼의 외로움에 관해 끊임없이 속삭이고 있었다. 우리는 우리 자신을 내어줄 수 없다. 우리는 우리 자신의 것이다. 이런 대화들이 이어진 끝에, 어느 날 밤 그녀가 유난히 흥분한 기색을 보이던 순간, 시니코 부인은 그의 손을 덥석 잡아 자기 뺨을 열정적으로 감쌌다.

  더피 씨는 매우 놀랐다. 그녀가 자신의 말을 그렇게 해석했다는 사실에 환멸을 느꼈다. 그는 일주일 동안 그녀를 찾아가지 않았고, 그 뒤에 만나자고 편지를 보냈다. 마지막 만남이 깨져버린 고해의 여운에 휘말리지 않도록, 파크게이트 근처의 작은 과자점에서 보기로 했다. 차가운 가을 날씨였지만, 두 사람은 추위를 무릅쓰고 거의 세 시간 동안 공원의 길을 오르내렸다. 그들은 관계를 끝내기로 합의했다. 모든 인연은 결국 슬픔으로 이어진다고 그는 말했다. 공원을 나와 전차 쪽으로 말없이 걸어가던 중, 그녀가 갑자기 심하게 떨기 시작하자 그는 그녀가 쓰러질까 봐 서둘러 작별 인사를 하고 떠났다. 며칠 뒤 그는 자신의 책과 악보가 담긴 소포를 받았다.

사 년이 지났다. 더피 씨는 다시 예전처럼 변함없는 일상으로 돌아갔다. 그의 방은 여전히 그의 질서 정연한 성격을 고스란히 드러내고 있었다. 아래층의 악보대에는 새로 산 몇 곡의 악보가 쌓여 있었고, 책장에는 니체의 책 두 권, 《자라투스트라는 이렇게 말했다》와 《즐거운 학문》이 나란히 꽂혀 있었다. 서랍 속에는 그가 이제 거의 쓰지 않는 종이 묶음이 놓여 있었다. 그중 한 장에는, 시니코 부인을 마지막으로 만난 지 두 달 뒤에 쓴 문장이 남아 있었다. '남자와 남자 사이의 사랑은 성적 결합이 있을 수 없기 때문에 불가능하고, 남자와 여자 사이의 우정은 성적 결합이 있을 수밖에 없기 때문에 불가능하다.' 그는 혹시 그녀를 마주칠까 봐 연주회장에는 가지 않았다. 아버지가 세상을 떠났고, 은행의 동료는 은퇴했다. 그럼에도 여전히 그는 매일 아침 전차를 타고 시내로 나갔고, 저녁에는 조지 스트리트에서 소박하게 식사를 한 뒤, 신문을 펼쳐 그날의 기사를 한 줄 한 줄 곱씹듯 읽은 뒤, 그것을 디저트 삼아 집으로 걸어왔다.

어느 저녁, 그는 콘비프와 양배추 한 조각을 입에 넣으려다 손을 멈췄다. 시선이 물병 옆에 세워놓은 석간신문의 한 단락에 꽂혔다. 그는 포크를 내려놓고 그 단락을 유심히 읽었다. 이내 물 한 잔을 마신 뒤 접시를 옆으로 밀어두고 신문을 반으로 접은 채 그 단락을, 그 문단을 몇 번이고 반복해서 읽었다. 접시 위의 양배추는 점점 차가워져 흰 기름기를 내며 굳어갔다. 식당의 소녀가 다가와 식사가 입에 맞지 않느냐고 묻자, 그는 맛있다고 대답했지만 겨우 몇 입을 삼켰을 뿐이었다. 그리고 계산을 하고 밖으로 나왔다.

그는 11월의 어스름 속을 빠른 걸음으로 걸었다. 단단한 개암나무 지팡이로 또박또박 땅을 짚었고, 꼭 끼는 리퍼 코트 옆주머니에서 누런 〈더 메일〉 신문이 살짝 비쳐 나왔다. 파크게이트에서 채플리조드로 이어지는 외딴 길에 접어들자 그의 걸음은 점점 느려졌다. 지팡이가 땅을 치는 소리도 힘이 빠졌고 불규칙하게 내쉬는 숨은 거의 한숨처럼 들렸다. 그 숨결은 희미한 입김으로 흩어졌다. 집에 도착하자 그는 곧장 침실로 올라가 주머니에서 신문을 꺼내 들고, 창가로 스며드는 희미한 빛 아래 다시 그 단락을 읽었다. 그는 소리 내지 않고, 마치 사제가 기도를 속으로 읊조리듯 입술만 움직였다.

신문에는 이렇게 쓰여 있었다.

시드니 퍼레이드 역에서 한 여인 사망
비통한 사건

오늘 더블린 시립병원에서 대리 검시관(레버렛 씨 부재중)이 에밀리 시니코 부인(43세)의 시신에 대한 검시를 진행했다. 그녀는 어젯밤 시드니 퍼레이드 역에서 철로를 건너려다 킹스타운에서 출발한 오후 10시 완행열차의 기관차에 치여 머리와 오른쪽 몸에 중상을 입고 사망한 것으로 밝혀졌다.

기관사 제임스 레넌은 자신이 15년 동안 철도 회사에 근무해 왔다고 진술했다. 그는 차장의 호각 소리에 열차를 출발시켰고, 잠시 후 큰 비명을 듣고 즉시 열차를 멈췄다고 말했다. 그때 열차는 서행 중이었다고 말했다.

철도역 하역원 P. 던은 열차가 막 출발하려는 순간 한 여성이 선로를 건너려는 것을 보았다고 진술했다. 그는 여성을 향해 달려가며 소리쳤으나, 미처 닿기도 전에 기관차 완충기에 부딪혀 쓰러지는 것을 보았다고 했다.

배심원, "여성이 넘어지는 걸 직접 보셨습니까?"
증인, "그렇습니다."

크롤리 경사는 자신이 현장에 도착했을 때, 사망자가 플랫폼 위에 쓰러져 있었고 이미 사망한 것으로 보였다고 진술했다. 그는 구급차가 도착할 때까지 시신을 대합실로 옮겨 두었다고 했다.

순경 57E가 그의 진술을 확인했다.

더블린 시립병원 외과의사인 헬핀 박사는, 사망자가 하부 늑골 두 개가 골절되어 있었고 오른쪽 어깨에 심한 타박상을 입었다고 밝혔다. 또한 추락하면서 머리 오른쪽이 손상되었다고 덧붙였다. 그러나 그 부상들은 정상적인 사람이라면 즉사할 정도는 아니라며 그의 판단으로는 아마 충격과 급작스러운 심정지로 사망했을 것이라고 했다.

철도회사를 대표한 H. B. 패터슨 핀리 씨는 이번 사고에 대해 깊은 유감을 표했다. 그는 회사가 항상 사람들이 무단으로 선로를 건너지 않도록 역마다 경고문을 부착하고, 건널목에는 스프링 안전문을 설치하는 등 모든 안전조치를 취해 왔다고 말했다. 사망자는 평소 밤늦게 플랫폼 사이를 가로질러 건너는 습관이 있었으며, 사건의 여러 정황을 살펴봤을 때 회사 측에 과실이 있다고 보기 어렵다고 덧붙였다.

사망자의 남편인 시니코 선장은 시드니 퍼레이드의 리오빌 거주자로, 자신이 사망자의 남편임을 확인했다. 그는 사고 당시 더블린에 없었으며, 그날 아침 로테르담에서 막 도착했다고 진술했다. 부부는 22년간 결혼 생활을 했고, 약 2년 전, 그러니까 아내가 다소 술에 의존하기 시작하기 전까지는 평화롭게 지냈다고 말했다.

딸 메리 시니코는 최근 어머니가 밤마다 술을 사러 나가는 버릇이 생겼다고 진술했다. 그녀는 여러 번 어머니를 설득하려 했고, 금주 단체에 가입시키려고도 했다고 말했다. 사고 당시 그녀는 집에 없었고, 사고 한 시간 뒤에야 돌아왔다.

배심원단은 의학적 증거에 따라 평결을 내렸고, 기관사 레넌에게는 아무런 책임이 없다고 판정했다.

대리 검시관은 '매우 비통한 사건'이라며 시니코 선장과 그의 딸에게 깊은 위로를 전했다. 또한 앞으로 이런 사고가 다시 일어나지 않도록 철도회사가 강력한 예방 조치를 취할 것을 촉구했다. 누구에게도 과실은 없다고 결론지었다.

더피 씨는 신문에서 눈을 떼고 창밖의 을씨년스러운 저녁 풍경을 바라보았다. 강은 텅 빈 증류소 옆을 따라 고요히 흐르고 있었고, 루컨 로드의 어느 집에서는 간헐적으로 불빛이 새어 나왔다. 이런 결말이라니. 그녀의 죽음에 얽힌 모든 이야기가 그를 깊은 역겨움에 사로잡히게 했다. 무엇보다 자신이 신성하게 여겨 온 것들을 그녀에게 털어놓았다는 사실이 구역질 났다. 신문 기사 속 진부한 문장들, 공허한 동정의 표현, 흔해 빠진 속된 죽음을 포장하려 애쓴 기자의 조심스러운 문체가 그의 속을 뒤틀리게 했다. 그녀는 자신을 타락시켰을 뿐 아니라, 그조차도 더럽혔다. 그는 그녀의 비참하고 악취 나는 타락의 흔적을 떠올렸다. 자기 영혼의 동반자라니. 그는 술집에서 술통을 들고 비틀거리며 다니던 사람들을 떠올렸다. 그녀는 삶의 의지도, 절제할 힘도 없는 사람이었던 것이다. 버릇에 잠식당한 나약한 존재, 문명이 쌓아 올린 잔해 중 하나. 하지만 그녀가 이렇게까지 타락할 줄이야! 자신이 그녀를 그렇게 오해했단 말인가? 그는 그날 밤 그녀의 격정적인 행동을 떠올리며, 그때보다 훨씬 냉정하고 가혹하게 그 의미를 해석했다. 이제는 자신이 내린 결정을 후회하지 않았다.

빛이 점점 사그라지고 기억이 흐려질 무렵, 그는 마치 그녀의 손이 닿는 듯한 착각에 사로잡혔다. 처음엔 위장이 조여 오는 듯하더니, 이번에는 신경이 마비되는 것 같았다. 그는 급히 외투와 모자를 걸치고 밖으로 나왔다. 문턱을 나서자 찬 공기가 팔소매 속으로 스며들었다. 채플리조드 다리에 있는 선술집에 다다르자 그는 안으로 들어가 따뜻한 펀치를 주문했다.

주인은 공손히 그를 응대했지만 말을 붙이지는 않았다. 가게 안에는 대여섯 명의 노동자가 킬데어 카운티에 사는 어느 신사의 땅의 가치가 얼마나 되는지를 두고 이야기를 나누고 있었다. 그들은 커다란 1파인트짜리 술잔을 번갈아 들이켜며 담배를 피웠고, 가끔 바닥에 침을 뱉었다. 그리고 무거운 신발로 톱밥을 끌어 덮었다. 더피 씨는 의자에 앉아 그들을 바라보았으나, 아무것도 보이지 않았고 아무 말도 들리지 않았다. 잠시 후 그들이 나가자 그는 펀치를 한 잔 더 주문했다. 그는 오랫동안 잔을 앞에 두고 앉아 있었다. 가게는 매우 조용했다. 주인은 카운터에 몸을 기대 신문을 읽으며 하품을 했다. 가끔 외로이 지나가는 전차 소리만이 들려왔다.

그는 그 자리에 앉아 그녀와 함께했던 삶을 되짚으며, 그녀의 두 가지 모습을 번갈아 떠올리다 보니 이제 그녀가 죽었다는 사실, 존재하지 않는다는 사실, 단지 기억으로만 남았다는 사실을 실감했다. 그는 불편한 감정에 사로잡혔다. 자신이 달리 무엇을 할 수 있었겠는가? 그녀와 거짓된 관계를 이어갈 수도, 세상 앞에 함께 나설 수도 없었다. 자신이 할 수 있는 최선이었다고 믿었다. 어떻게 그에게 잘못이 있단 말인가. 하지만 이제 그녀가 사라지고 나니, 매일 밤 홀로 앉아 있었을 그녀의 고독이 느껴졌다. 그리고 자신도 죽을 때까지, 존재가 사라지고, 그저 누군가의 희미한 기억으로 남을 때까지, 똑같이 외로우리라.

그가 술집을 나섰을 때는 밤 아홉 시가 지나 있었다. 그는 공원 첫 번째 입구로 들어가 앙상한 가로수 아래를 걸었다 사 년 전 그녀와 함께 걸었던 스산한 오솔길을 따라 걷자, 어둠 속에서 그녀의 기척이 느껴지는 듯했다. 그녀의 목소리가 귓가에, 손길이 손끝에 닿는 듯했다. 그는 걸음을 멈추고 귀 기울였다. 왜 그녀에게 삶을 내어주지 못했을까? 왜 그녀를 죽음으로 내몰았을까? 그의 도덕심이 산산이 부서지는 느낌이었다.

매거진 힐 언덕에 오르자, 그는 멈춰 서서 강 쪽을 바라보았다. 더블린 쪽의 불빛들이 붉고 따뜻하게 빛나고 있었다. 언덕 아래, 공원 담장 그늘 속에는 몇몇 사람들이 몸을 웅크린 채 누워 있었다. 그는 그 타락하고 은밀한 사랑의 잔해들을 보고 절망감을 느꼈다. 그의 올곧은 삶은 이제 그 자신에게 인생의 향연에서 추방된 자, 형벌을 받은 사람처럼 느껴졌다. 자신을 사랑했던 단 한 사람, 그는 그 여인의 삶과 행복을 거부했고, 결국 그녀를 치욕과 수치스러운 죽음으로 내몰았다. 담장 아래 누워 있던 이들이 자신을 지켜보며 사라지길 바란다는 것을 그는 느꼈다. 그를 원하는 이는 아무도 없었다. 그는 인생의 향연에서 쫓겨난 자였다. 그는 회색빛으로 번들거리는 강으로 시선을 돌렸다. 강은 더블린을 향해 굽이치며 흐르고 있었다. 킹스브리지 역에서는 화물열차 한 대가 천천히 빠져나오고 있었다. 불타는 머리를 한 벌레처럼, 길게 구부러진 몸체가 어둠을 뚫고 힘겹게 기어가는 모습이었다. 열차는 서서히 시야에서 사라졌지만, 그의 귀에는 여전히 기관차의 낮고 묵직한 진동이 울려 퍼졌다. 그 소리는 마치 그녀의 이름을 음절마다 되뇌는 듯했다.

그는 자신이 걸어온 길을 되돌아가며, 귓속에서 박동하듯 울리는 기관차 엔진의 리듬을 들었다. 기억이 전하는 것이 과연 진실이었는지 의심스러워졌다. 나무 아래 멈춰 서서 그 리듬이 사라지게 내버려두었다. 이제는 어둠 속에서 그녀의 존재도, 그녀의 목소리가 스치는 감각도 느낄 수 없었다. 그는 한참 동안 귀를 기울였지만, 아무 소리도 들리지 않았다. 밤은 완벽히 고요했다. 그는 다시 한번 귀를 기울였지만, 완벽한 침묵이었다. 그는 자신이 혼자임을 느꼈다.

여왕의 쌍둥이

The Queen's Twin

세라 온 주잇(Sarah Orne Jewett, 1849~1909)

미국 메인주 사우스버윅 출신. 고향을 배경으로 한 메인 지방 사람들의 삶과 인간관계를 섬세하게 그린 작가다. 《뾰족한 전나무의 땅》, 《시골 의사》, 《백로》 등에서 여성의 우정과 자립, 자연과 공동체의 조화를 따뜻한 시선으로 묘사했다. 사실적이면서도 서정적인 문체로 19세기 미국 지역문학의 정수를 이뤘으며, 이후 여성 현실주의 문학에 깊은 영향을 남겼다.

―

1

 메인주의 해안은 한때 수많은 배들이 드나들어 외국과 아주 가까운 곳처럼 느껴지던 곳이다. 그래서 지금도 그 시절을 살았던 노인 중에는 놀랍게도 다른 나라를 다녀온 사람들이 많다. 바다 쪽으로 길게 뻗은 곶마다, 언덕 위에 자리한 집마다, 농장이 단 하나뿐인 외딴섬마다 세상 구경을 다녀온 이들이 있었다. 창가에 앉아 있는 평온한 노인들의 얼굴에는 먼 나라의 항구를 바라보았던 눈빛, 동양의 찬란한 풍경을 기억하는 흔적이 남아 있었다.

 그들은 오늘날 북대서양이나 지중해를 쉽게 여행하는 사람들과는 달랐다. 작은 나무배를 타고 희망봉을 돌아, 케이프 혼*의 사나운 바다를 견뎌냈다. 좁은 갑판 위에서 아들딸을 키웠고, 북유럽인의 후예답게 미지의 땅을 향해 모험을 떠났던 마지막 세대였다.

---

* **케이프 혼** 남아메리카 최남단의 곶으로, 폭풍이 잦아 항해가 매우 위험한 구간.

젊은 나라에 그보다 더 큰 배움은 없었다. 메인주의 선장들과 그의 아내들은 세상이 얼마나 넓은지 알고 있었고, 자신들의 고향 마을이 세상의 전부라고는 생각하지 않았다. 그들은 톰스턴과 캐스틴, 포틀랜드뿐 아니라 런던, 브리스틀, 보르도 그리고 중국해의 낯선 항구들까지 알고 있었다.

9월의 어느 날, 메인 해안의 던넷 랜딩이라는 마을에서 여름을 보내고 휴가 막바지에 이르렀을 때였다. 내가 머물던 집의 안주인인 토드 부인이 거친 들판을 홀로 오래 거닐다가 집으로 돌아왔다. 그런데 돌아오는 사람이라기보다 이제 막 기대에 찬 길을 떠나는 사람처럼 얼굴이 활기차 보였다. 그녀가 가져온 작은 바구니에는 저녁으로 먹을 만큼의 검은딸기가 담겨 있었고, 그 위에는 뜻밖에도 늦게 열린 산딸기 몇 알이 올려져 있었다. 하지만 그녀는 길에서 무엇을 보았는지에 대해서는 아무 말도 하지 않았다. 다만, 곧 중요한 이야기를 꺼낼 게 분명했다.

"오늘은 풀 한 포기도 안 가지고 오셨네요. 어제까지만 해도 함박개나무 꽃이 필 때라고 하셨잖아요."

나는 늘 약초를 캐던 그녀에게 말을 건넸다.

"그랬었나?" 그녀가 태연하게 답하더니 말을 이었다. "안 핀 건 아닐 거야. 그래도 그게 피었든 안 피었든, 사실 난 크게 신경 쓰지 않는단다. 오늘은 그걸 보러 간 게 아니었거든. 왜가리 늪을 지나 바다 쪽으로 이어지는 옛 인디언 길이 하나 있어. 여름엔 아무도 그 길을 건널 수 없지. 오늘처럼 늪이 바싹 말라 있을 때를 기다려야 해. 가을비가 시작되기 전에 말이야. 집을 나서고 나니 바로 오늘이 그날이구나 싶었어. 그래서 서둘러 그 길을 다녀왔지. 그러다 발밑이 축축한 곳을 그만 밟아버렸지 뭐야. 잠깐만 기다리렴. 감기에 걸리면 안 되니까, 양말만 갈아 신고 와서 나머지 이야기를 해주마."

그녀는 방으로 들어갔다. 무언가에 깊이 사로잡힌 게 분명했다. 바다 괴물을 만났거나 이스라엘의 잃어버린 부족을 발견했다고 해도 이상하지 않을 만큼, 그녀의 얼굴에는 신비롭고도 만족스러운 빛이 어려 있었다.

그녀는 늦은 아침 무렵 집을 나서서, 한참 동안 돌아오지 않았다. 창가에 앉아 기다리는 동안 나는 바닷가의 잿빛 바위 위로 스치듯 번졌다가 사라지는 가을 햇살의 마지막 붉은 빛을 바라보았다. 멀리 해안을 따라가던 범선의 돛은 마치 바다 위에 세워진 황금빛 집처럼 보였다.

해가 기운 뒤에야 토드 부인이 돌아왔다. 집에 들어서자마자 저녁불을 지피고 저녁 준비를 시작했다. 산책을 오래

하고도 여전히 따뜻하고 기분 좋아 보였다.

"내가 갔던 그 언덕 위에서 바라보는 풍경이 참 멋지더군. 멀리서 보면 눈에 잘 띄지 않지만, 땅과 바다가 어우러진 자리가 참 아름다운 곳이야. 거기 오래 앉아 있었지. 네가 같이 있었으면 얼마나 좋았을까 생각했어. 아침에 나설 땐 아무 계획도 없었어. (마치 내가 서운해할까 변명이라도 하듯이) 그냥 어디론가 가고 싶다는 마음이 불현듯 들어서, 작은 바구니 하나만 챙겨 나섰거든. 금세 돌아와 점심을 함께 먹을 수도 있을 거라 생각했지. 혹시 모르니 네 점심은 미리 차려 두었어. 잘 챙겨 먹었니? 충분했기를 바라네."

"네, 아주 잘 먹었어요." 나는 대답했다. 그녀는 늘 집을 비울 때면 넉넉히 음식을 준비해 두곤 했는데, 미안한 마음에서 비롯된 다정한 배려처럼 느껴졌다.

"왜가리 늪 건너편 꼭대기에 옛집이 있는 언덕 알지? 내가 설명하자면, 자네는 늘 바닷가를 따라 걷지, 안쪽으로 잘 들어오진 않잖아. 그래도 그 언덕은 기억할 거야. 지금은 눈여겨보지 않으면 찾기 힘든 길 하나가 그리로 이어져 있는데, 예전엔 안쪽에 살던 인디언들이 섬으로 배를 옮길 때 지나던 길이었어. 옛사람들이 그 바윗길을 얼마나 많이 오갔던지 신발 자국이 바위에 깊게 새겨졌다고 하더군. 하지만 나는 아직 한 번도 그 길을 찾아내지 못했어. 지금은 덤불이 너무 우거져서, 길을 잃었다 찾았다 하며 걸어야 하지. 그래도 땅 모양에 비하면 놀랄 만큼 곧게 나 있는 길이야. 나는 해와 나무줄기에 난 이끼를 보며 방향을 잡았지. 개울이 막혀서 습지가 예전보다 훨씬 넓어졌더군. 그래, 발이 푹 빠진 적도 한 번 있었어!"

나는 은근히 걱정되는 마음을 감추지 못했다. 토드 부인은 더 이상 젊지 않았고, 아무리 체구가 크고 기운이 세다 해도 병마가 덮치면 결국 언젠가는 그녀를 약하고 곤란하게 만들 거라는 걸 나는 알고 있었다.

"나 때문에 걱정은 말게. 가만히 앉아 있는 게 그 악마가 날 이길 수 있는 유일한 방법이지. 몸을 부지런히 움직이고 있으면 난 여름이든 겨울이든 스무 살이나 다름없다네. 그런데 오늘 만나고 온 사람 이야기를 지금껏 한 번도 하지 않았다는 걸 깨달았어. 애비 마틴이라는 이름도 괜히 말 안 하고 있었지. 늘 생각은 했는데 말이야. 그분이 워낙 외딴 데 살아서 내가 직접 찾아간 것도 삼사 년 만이야. 그런데 참 좋은 분이지. 이야기하는 것도 재미있고, 나와도 오래전부터 아는 사이야. 우리 어머니 또래에 가까운데, 마음만큼은 훨씬 젊다네. 오늘도 맛있는 차를 대접해 주셨어. 자네가 걱정하지 않게 연락만 할 수 있었더라면, 하룻밤쯤 묵고 왔을지도 모르지."

잠시 진지한 침묵이 흘렀다. 그리고 토드 부인이 마치 공식적인 선언이라도 하듯 말했다.

"그분은 바로 여왕의 쌍둥이 동생이라네."

토드 부인은 내가 이 뜻밖의 말을 어떻게 받아들일지 눈을 크게 뜨고 지켜보았다.

"여왕의 쌍둥이요?" 내가 되물었다.

"그래, 그분은 여왕을 무척 좋아해. 누구라도 그게 자연스럽다고 느낄 거야. 같은 날 태어났거든. 뜻밖에도 여러모로 닮은 점이 많더라고. 오늘 나한테 들려주신 이야기를 듣다 보니, 마치 평생 역사책만 읽은 분 같았다네. 예전에도 가끔 그런 말씀을 하시곤 했지만, 오늘처럼 진지하게 이야기하신 건 처음이었어. 이제는 나이도 드시고 일손도 놓으셔서 그런지, 예전보다 더 많은 시간을 생각 속에서 보내시는 거지. 그게 그분한테는 든든한 벗이 되어주는 셈이야. 자네가 빅토리아 여왕 이야기를 듣고 싶다면, 애비 마틴 부인께 가면 뭐든 다 들을 수 있을걸. 그리고 내가 말한 그 언덕에서 내려다보는 풍경은 정말 세상에서 제일 아름다워. 그것만 보러 가도 충분히 값어치가 있지."

"언제 다시 갈 수 있죠?" 나는 기대에 찬 목소리로 부인에게 물었다.

"내일 가도 괜찮지. 그래도 하루쯤 쉬고 가는 게 좋을 거야. 집으로 오는 길에 그런 생각도 했는데, 너무 서둘러 오느라 오래 곱씹진 못했지. 말을 타고 가려면 꽤 멀어. 옛날 보든이 살던 집 근처까지 갔다가 왼쪽으로 꺾어 들어가야 하는데, 길이 좀 거칠거든. 거기서 잠깐 머물렀다가 바로 돌아서야 밤 아홉 시 전에 집에 올 수 있어. 하지만 여기서 곧장 육로로 가면, 겨울 낮이라도 충분히 다녀올 수 있고, 가서 한두 시간쯤은 여유 있게 이야기할 수도 있지. 몇 마일 되지도 않는데다, 길도 제법 예뻐. 예전엔 그쪽에도 괜찮은 집들이 좀 있었는데, 다들 다른 곳으로 떠나거나 세상을 떠나서 지금은 이웃이 거의 없어. 그래서 내가 오늘 찾아갔더니 반가워서 눈물까지 글썽이시더군. 여왕 이야기 들으면 참 재미있을 거야. 그런데 내가 옆에 앉아 듣고 있으면, 여왕 이야기가 그분에게 남은 거의 유일한 위안이라는 생각이 자꾸 들더라."

"모레쯤이면 어떨까요?" 내가 서둘러 물었다.

"그럼 딱 좋지." 토드 부인이 대답했다.

2

 뉴잉글랜드 날씨는 언제나 변덕스럽지만, 여름 끝자락의 안개를 몰아내고 긴 동풍이 지난 뒤 찾아오는 날씨만큼은 맑고 확실했다. 폭풍우가 공기를 식히고 나면, 낮에는 햇살이 아무리 환해도 밤이면 곧 서리가 내릴 듯 서늘해졌다. 그 아침, 토드 부인과 나는 집 문을 잠그고 길을 나섰다. 마치 들판의 열쇠를 손에 쥔 듯, 혹은 바다로 항해를 떠나는 듯한 기분으로 발걸음을 내디뎠다. 마을 뒤쪽 능선에 이르자, 마치 항구의 모래톱을 조심스레 지나 마침내 탁 트인 바다로 들어선 듯 마음이 놓였다.

 "자, 이제야 안심이 되는구먼."

 토드 부인이 길게 숨을 내쉬며 말하더니, 이내 다음 말을 이었다.

 "이런 날씨에는 누군가 불쑥 찾아올 것 같은 기분이 들어. 오늘 아침 눈을 뜨자마자 노스 포인트의 엘더 캐플린 부인이 올지도 모른다는 예감이 있었거든. 하지만 오늘만큼은 아무한테도 방해받고 싶지 않았지. 그분은 워낙 부지런해서 추수감사절 전까지는 어딘가를 꼭 들르실 텐데, 내가 없으면 그냥 다른 집으로 가시겠지. 어머니도 오실까 싶었지만, 네가 깨기 전에 언덕 위로 올라가 살펴보니 배가 보이질 않더구나. 그때쯤 출발하지 않았다면 지금 조수로는 떠나기 어렵겠지. 게다가 고등어잡이 배들이 그린 아일랜드 쪽으로 향하는 걸 봤으니, 윌리엄도 거기 붙잡혀 있을 거야. 그러니 이제는 걱정할 일 없어. 어머니가 내일 오신다면, 오늘 있었던 일을 다 말씀드리면 되겠지. 어머니와 애비 마틴 부인은 아주 오랜 친구거든."

우리는 목초지를 따라 저지대의 숲으로 내려갔다. 숲은 북쪽으로 길게 뻗어 있었고, 아침 안개는 아직 걷히지 않아 멀리 산자락이 아득히 떨어진 다른 나라처럼 보였다.

"여기서 보면 멀어 보이지만, 사실 그렇게 먼 건 아니야."

그녀가 길동무를 안심시키듯 말했다.

"그렇다고 시간 낭비할 여유는 없지."

씩씩한 발걸음으로 앞서가며 덧붙였다.

이윽고 우리는 오래된 풀밭 위에 희미하게 남은 옛 인디언 길을 찾아, 키 낮은 가문비 숲 사이로 접어들었다. 바닥은 매끈한 갈색 흙이었고, 가느다란 나무줄기들이 어두운 지붕처럼 머리 위를 드리우고 있었다. 우리는 말없이 오래 걸었다. 가지를 헤치며 나아가기도 하고, 큰 나무들이 간격을 두고 서 있는 넓은 길을 따라 걷기도 했다. 새 한 마리,

짐승 한 마리 없는 적막한 숲이었다.

"여왕도 이런 쓸쓸한 길은 본 적이 없을걸."

토드 부인이 내 생각을 읽기라도 한 듯 말했다. 애비 마틴 부인을 찾아가는 일은 괜히 왕실의 중요한 일과도 닿아 있는 듯했다. 나는 막 영국의 풍경과 스코틀랜드의 고요한 언덕을 떠올리고 있었다. 그 언덕 위에는 외딴 오두막과 돌담으로 둘러싸인 양의 우리, 그리고 구름 낀 초지를 떠도는 양 떼가 있었다. 멀리 떨어진 뉴잉글랜드의 작은 마을에서도 왕실 사람들에 대한 관심과 친근한 이야기를 자주 들을 수 있다는 것이 늘 놀라웠다. 옛 충성심이 세월과 나라의 변화를 모두 겪고도 여전히 남아 있기 때문일까, 아니면 여왕의 성품이 먼 곳에 사는 사람들의 마음까지도 사로잡았기 때문일까. 알 수 없는 일이었다. 그러나 '여왕의 쌍둥이'라는 이야기는 그 무엇보다 친밀함을 보여주는 증거였고, 아침 내내 길을 걸으며 내 상상력을 강하게 자극했다. 왕실의 공식 행사에 참여하는 일 따위는 그 순간에는 오히려 평범하게 느껴질 뿐이었다.

3

 토드 부인은 마치 여학생처럼 바구니를 이리저리 흔들며 걸었다. 그러다 그만 바구니가 손에서 미끄러져 툭 떨어지더니, 안에 아무것도 없는 듯 가볍게 땅 위를 굴러갔다. 나는 얼른 주워 그녀에게 건네주었다. 토드 부인은 뚜껑을 열어 안을 들여다보며 안심한 듯 말했다.
 "별건 아니지만, 잃어버리면 곤란하지. 네가 다른 바구니를 맡아 준 게 다행이야. 내가 이렇게 떨어뜨릴 줄은 몰랐거든. 애비 마틴 부인이 액자에 두를 분홍 비단이 없다고 하길래 조금 챙겨 넣었어. 내 상자에는 스무 해 넘게 간직해 온 금실도 있단다. 사실 난 바느질 같은 건 영 소질이 없지만, 누구든 한 번쯤은 그런 유행을 따라 하기 마련이잖아. 거기다 정성껏 말려 둔 약초도 조금 넣었어. 그걸 드리면 기운이 나고, 봄철엔 입맛도 좋아지실 거야. 그분이 봄만 되면 늘 기력이 떨어진다고 벌써부터 걱정하시더라고. 우리 어머니도 마찬가지야. 제때 약초를 드시게만 하면 좋을 텐데, 꼭 힘이 다 빠지고 나서야 윌리엄이 한숨을 쉬며 '어머니가 얼마나 약해지셨는지 아세요?' 하고 말하거든. 그러면 내가 '내가 늘 챙겨드리던 약초는 왜 생각도 못 하니?' 하고 핀잔을 주면, 윌리엄은 삐쳐서 배를 타고 나가버리지. 그래도 이내 어머니가 모임에 나오셔서는 사람들 만나고, 얼굴에 핏기 돌아서 소녀처럼 밝아지시지. 마틴 부인도 사정은 비슷해. 다만 곁에서 돌봐 줄 사람이 없을 뿐이야. 윌리엄이 좀 느릿느릿하긴 해도, 나이가 들면 아무리 윌리엄이라도 곁에 있는 게 없는 것보단 낫지."

"자식이 전혀 없으신 건가요?" 내가 물었다.

"꽤 많았지." 토드 부인이 살짝 자랑하듯 말하고는 다시 말을 이었다.

"하지만 몇은 세상을 떠났고, 나머지는 결혼해서 각자 살고 있다네. 원래도 자주 찾아다니는 성격은 아니었어. 사실 애비 마틴 부인은 좀 별난 분이지. 자기 집안에서도 늘 손님처럼 대해야 하거든. 자식 집에 가서도 가족들이 편하게 지내질 못해. 그녀의 며느리 중 한 분이 '차라리 여왕이 오신다면 하루 종일 기꺼이 모실 수 있겠다'고 농담하더군. 하지만 난 마틴 부인이 그렇게 까다롭다고 생각하진 않아. 오히려 오시면 반갑고 즐거운 분이지. 조금은 격식을 차리지만, 상대만 잘 맞으면 아주 활달하고 명랑한 분이야. 늘 느끼는 거지만, 큰 집안 사람들 속에서도 전혀 어색하지 않을 분이지. 그 아들 며느리는 일꾼들 밥 챙기고 농사일을 거칠게 해내는 게 체질이라네. 좋은 사람이긴 하지만 좀 투박하거든. 그러니 마틴 부인처럼 정갈하고 예의 바른 이는 그 집안에선 오히려 부담스러울 수도 있지."

"도시에도 별사람 다 있듯, 시골도 마찬가지지."

토드 부인이 진지하게 말했고, 나도 고개를 끄덕이며 동의했다.

이제 우리는 빽빽한 숲을 지나 맑게 갠 햇살 아래를 걷고 있었다. 아침 안개는 완전히 걷히고, 옅은 푸른빛 아지랑이가 멀리 풍경을 부드럽게 감싸고 있었다. 언덕에 오르자 여름날 같은 따스함이 느껴졌다. 언덕 위에는 남쪽을 향하고 있는 낡은 집 한 채가 있었다. 텅 빈 창은 마치 눈이 먼 듯 보였고, 서리에 시든 풀은 갈색 털옷처럼 집을 감싸고 있었다. 문가에는 비틀린 라일락 가지 하나가 여전히 푸른 잎을 붙잡고 있었다.

"자, 이제 빵에 버터 발라서 좀 먹자꾸나."

탐험대장처럼 굴던 토드 부인이 말했다.

"그리고 바구니는 집 안에 걸어 두자. 양들이 건드릴지도 모르니까. 돌아오는 길엔 성대한 연회를 열자고. 우리가 도착할 즈음이면 마틴 부인은 점심을 다 드셨을 테지만, 분명 우리한테 차를 끓여 주실 거야. 잠깐 이야기 나누고 두 시쯤엔 출발해야 해. 저녁이 가까워지면 저지대 공기가 차가워져서 다시 건너기 싫거든. 오후 늦게는 구름도 모여들 것 같고."

우리 앞에는 바다와 해안이 어우러진 눈부신 풍경이 펼쳐져 있었다. 가을빛은 벌써 산과 들을 물들이고 있었고, 짙푸른 전나무 숲 가장자리에 불타는 꽃처럼 붉은 습지 단풍이 줄지어 서 있었다. 바다는 고요했고, 만으로 밀려드는 큰 조수도 바람 한 점 없는 푸른빛 속에 잠겨 있었다.

"참 험한 땅이지."

토드 부인이 낡은 대문턱에 앉으며 한숨을 내쉬었다.

"내가 알던 성실한 세 집안이 이 농장을 일궈 보겠다고 희망을 품고 왔지만, 결국 다들 포기했어. 저기 작은 밭은 해마다 절반을 쉬게 하면 감자 농사엔 그럭저럭 괜찮지만, 땅은 늘 굶주려 있지. 저 언덕 위를 봐. 뾰족한 전나무랑 솔송나무들이 스스로 세상을 만들어가고 있잖아. 가끔은 마치 자연이 질투라도 부리는 것 같아. '이 땅은 내 것이다.' 하며 자기 마음대로 다루지. 저 나무들이 바로 그 증거야. 서리와 비로 땅을 갈아엎고, 제멋대로 씨를 뿌려 자기 작물이 자라길 기다리지. 사람이 아무리 애써도 소용없어. 진짜 주인은 저 나무들이지."

나는 언덕 아래를 바라보았다. 오래 머물면 우리도 저 기세에 삼켜질 것 같았다. 작은 나무들의 거칠고도 질긴 생명력은 인간의 힘을 가볍게 비웃는 듯했다. 이 외진 땅에서 버티다 끝내 떠나야 했던 사람들의 마음이 짐작되었고, 동시에 자연의 거역할 수 없는 힘 앞에서 알 수 없는 두려움이 스며들었다.

"내가 어릴 적엔, 아까 우리가 지나온 그 숲을 사람들 모두 무서워했지. 남자들도 혼자선 좀처럼 들어가려 하지 않았어. 소를 잃어버리면 꼭 여러 명이 함께 들어갔지. 혼자 들어갔다간 정신이 흐려져 길을 잃는다고 했거든. 옛 인디언 시대의 두려움이나 마녀사냥 시절의 공포가 여전히 남아 있었던 거야. 내가 본 용감한 사내들도 그 숲 앞에서는 늘 주춤했지. 내가 소녀였을 때, 보든 집안 여자 몇이 산딸기를 따라 갔다가 길을 잃어 밤새 헤매다 아침에야 발견된 적이 있었어. 집에서 반 마일도 안 되는 곳이었는데, 늑대며 온갖 짐승 소리를 들었다며 죽을 만큼 놀라 돌아왔지. 그중 한 명은 그날의 충격을 끝내 이기지 못하고 천천히 시들다 죽었어. 얕은 물에 빠져 죽는 사람들처럼, 그들의 마음은 깊게 다친 거야. 어떤 사람들은 태생부터 숲이나 들판 같은 곳을 두려워하지. 하지만 난 그런 데가 언제나 집처럼 편했어."

토드 부인의 목소리는 담담했지만 힘이 있었다. 나는 곁에 선 부인의 얼굴을 바라보았다. 그녀 안에는 삶의 강한 힘이 깃들어 있었고, 마치 자연의 거대한 에너지가 사람의 형상으로 모습을 드러낸 듯했다. 고대 시칠리아의 들판을 걸었던 여신이 떠올랐다. 그녀의 두툼한 치맛자락은 지금 이 순간 뉴잉글랜드의 바람에 스치는 갈색 풀 대신, 아스포델*과 백리향의 향기를 머금고 있을 것만 같았다. 토드 부인은 위대한 영혼을 지닌 사람이고, 나는 그 곁에서 그저 겸손한 동행자일 뿐이었다. 우리는 여왕의 쌍둥이를 만나러 가는 길에, 바다 풍경을 뒤로하고 메마른 목초지와 들판을 지나 더 낮은 땅으로 내려갔다.

그 일대의 농장은 모두 세월의 흔적을 입은 듯 낡아 보였다. 정착한 지 오래되지도 않았는데, 이미 울타리는 삭아 있었고, 농사의 기운은 사그라져 더는 이어질 희망조차 없어 보였다. 잘사는 집들은 언제나 바다와 가까웠고, 작은 배라도 댈 수 있는 만을 곁에 두지 못한 집은 안락한 삶을 누리기 어려웠다. 그 돌 많은 땅에서는 농사만으로는 도저히 살 수 없었고, 숲의 땅은 결국 다시 숲으로 되돌아가고 있었다. 우리가 앉은 언덕에서 멀리 바라보면, 비옥한 땅과 햇살이 드

---

* **아스포델** 지중해에서 자라는 흰 꽃으로 그리스 신화에서 죽은 이들의 들판을 상징한다.

는 곳마다 곡간과 굴뚝이 서너 개씩 달린 넉넉한 집들이 단단히 서 있었고, 그 모습은 마치 한때의 번영이 아직도 희미하게 남아 있는 풍경처럼 보였다.

마틴 부인 댁에 가까워질수록 마음이 조금 쓸쓸해졌다. 잡풀만 무성한 밭과 텅 빈 집들이 줄지어 있었고, 그 풍경은 이 북쪽의 메마른 땅을 삶의 터전으로 삼았던 이들이 남긴 고요한 흔적처럼 보였다. 마지막 밭을 지나 좁고 빗물에 팬 길로 들어서자, 토드 부인이 잔뜩 기대에 찬 얼굴로 말했다.

"이제 거의 다 왔어. 부디 마틴 부인이 자넬 자기 안방으로 데려가길 바라네. 거기가 여왕의 사진들을 모아둔 곳이거든. 자네를 그 방에 들일 확률이 높지만, 아무에게나 보여주는 건 아니야. 신문이나 잡지에서 여왕 사진을 오려 모은 지는 오래됐고, 누가 영국 항구로 간다고 하면 꼭 얼마간의 돈을 마련해서 최신 사진을 구해달라고 부탁하지. 이제는 벽이 사진으로 거의 덮였을 거야. 그 방은 예배당처럼 신성하게 여겨서 문을 꼭 잠가 두시지. '내가 좋아하는 여왕의 얼굴이 따로 있긴 하지만, 내겐 다 똑같이 아름답다오.' 얼마 전엔 그렇게 말씀하셨다네. 액자도 직접 정성껏 만들어 걸어두셨지. 처음엔 조개껍데기, 그다음엔 솔방울, 구슬 공예가 유행할 때도 있었고, 요즘은 종이에 구멍을 뚫어 비단실로 수놓는 걸 즐기신다네. 그 방은 참 볼만하다네. 다만 기대는 너무 하지 말게."

토드 부인이 잠시 말을 멈추었다가 생각난 듯 덧붙였다.

"마틴 부인은 평생 고생 속에서 살았지. 아이들이라도 잘되길 바라셨지만, 다들 남편을 빼닮아 욕심이 없었어. 남편은 착하고 성실했지만, 큰 뜻을 세우는 사람이 아니었지. 그래도 그분은 남 흉을 보거나 불평하는 법이 없었어. 늘 묵묵히 일했지. 내가 보기엔 여왕에 관련된 모든 것이 부인의 삶을 지탱해 준 셈이야. 그래, 애비 마틴 부인은 평생 일에 묶여 살았지만, 그 안에서도 자신만의 자유를 잃지 않았던 사람이야."

4

길가의 풀 둔덕 위로 낮은 잿빛 집 한 채가 보였다. 문은 옆쪽에 나 있었고, 창틀까지 자란 눈주머니나무와 계피 장미가 엉켜 있었다. 문간에는 어깨가 굽은 작은 노부인이 서 있었는데, 그 모습에는 분명한 환영의 기운과 함께 흠잡을 데 없는 품위가 배어 있었다.

"우릴 보셨네." 토드 부인이 말했다.

"내가 날씨가 좋으면 다시 올지도 모른다고 말씀드렸거든. 그때 오면 자네를 꼭 데려오겠다고 했더니, 곧장 '기꺼이 반갑게 맞겠다'고 하시더군. 그분이 보통은 워낙 조용히 지내시니까, 좀 의외였지."

그렇게 말했지만, 우리 마음에는 여전히 은근한 긴장감이 감돌았다. 이번 방문에는 어딘가 격식이 느껴졌고, 겸손한 마음속에도 스스로가 부족하다는 생각이 따라붙었다. 오는 길에 작은 가시덤불에 옷이 걸려 찢어졌는데, 지금은 마치 깃털 장식이나 긴 예복을 빼먹은 채 궁정에 불려 온 사람처럼 민망한 기분이었다.

그러나 '여왕의 쌍둥이'는 그런 사소한 일 따위에는 전혀 개의치 않았다. 그녀는 우리가 가까이 다가와 손을 잡을 때까지 고요한 얼굴로 서 있었다. 맑은 눈빛과 담백하고 진실한 태도를 지닌, 아름다운 노부인이었다. 농가에서 평생 고된 일을 해 온 사람에게서 보기 드문 아름다움이었다. 세월에 시들었으되, 오히려 그 얼굴에는 더 깊은 품격이 깃들어 있었다.

그녀는 우리를 낡은 부엌으로 이끌어 자리에 앉혔다. 자신은 곧은 등받이 의자를 조금 떨어진 곳으로 끌어다 놓고,

마치 사절단을 접견하는 사람처럼 앉았다. 차라리 모두 서 있는 편이 더 자연스러웠겠지만, 그녀의 삶에는 언제나 일정한 격식이 배어 있었고, 지금의 소박한 모습도 그저 잠시 빌려 입은 듯 보였다.

토드 부인은 여느 때처럼 침착했다. 어떤 자리에서도 흐트러지지 않는, 크고 단단한 영혼의 사람이었다. 나는 그런 그녀의 태도가 늘 놀라웠다. 이윽고 이웃들의 이야기가 천천히 오가자 분위기도 한결 부드러워졌다. 날씨 이야기며 오는 길에 있었던 자잘한 일화를 나누다 보니, 마틴 부인도 내가 낯선 손님이 아니라는 듯 다정하게 말을 건넸다.

"런던은 지금쯤 어두워지겠군. 런던에 가본 적 있니?"

"네, 바로 작년에 다녀왔어요." 내가 대답했다.

"내가 그곳에 간 건 사십 년대였지. 딱 한 번뿐이었어."

마틴 부인이 천천히 말을 이었다.

"내 이웃들 중엔 세상을 두루 돌아다닌 사람들이 많았지만, 내겐 그게 유일한 여행이었어. 오빠가 선장이었는데, 아내가 늘 함께 항해했지. 그런데 그해엔 아이 하나가 유난히 허약해서, 바다에서 돌보는 걸 두려워했어. 마침 오빠가 내 남편에게 적당한 일을 권했는데, 장부를 잘 본다며 화물 관리인으로 같이 가보라는 거였지. 남편은 바다를 무척 싫어했지만, 형편이 좋지 않았던 때라 마지못해 수락했어. 그때 내가 기회를 보고 둘을 설득했지. 나도 함께 가겠다고. 그 시절엔 여자들이 배에 올라 빨래나 바느질을 하는 걸 아무도 이상하게 여기지 않았거든. 항해가 워낙 길기도 했으니까. 그렇게 해서 내가 여왕을 뵙게 된 거야."

그녀는 내 눈을 똑바로 바라보았다. 마치 내가 세상에서 가장 흥미로운 인물, 즉 여왕에 대해 진심으로 관심이 있는지를 확인하려는 듯했다.

"여왕을 직접 보시다니 정말 놀라워요."

나는 서둘러 대답하며 말을 이었다.

"토드 부인 말씀이 두 분이 같은 날 태어나셨다고요."

"정말 그렇단다, 얘야."

마틴 부인은 환하게 웃으며 의자에 몸을 기대었다. 지금껏 보이지 않던 온화한 미소였다. 토드 부인은 안도와 만족이 섞인 눈빛으로 고개를 끄덕였다.

"맞아, 정말 특별한 일이었지. 우린 같은 날, 심지어 시차로 따지면 거의 같은 시각에 태어났어. 아버지가 바다에서 쓰는 항해용 시계로 그걸 계산해 내셨거든. 그러니 여왕 폐하와 나는 같은 순간 세상에 태어난 셈이지. 뭐라 해도, 그건 여왕과 내가 이어져 있다는 증거야."

토드 부인은 흡족한 표정으로 고개를 끄덕이며 모자 끈을 풀어 어깨 뒤로 넘겼다.

"그리고 나는 앨버트라는 남자와 결혼했는데, 여왕의 남편 이름과 같았지. 전혀 몰랐던 일이야. 여왕께서 앨버트 왕자와 결혼하셨다는 걸 안 건, 내가 결혼하고 보름쯤 지나서였으니까. 그땐 세상 소식이 지금보다 훨씬 느렸거든. 첫아이가 태어났을 땐 딸이라 이름을 빅토리아라고 지었어. 그다음 아들이 태어나자 남편이 자기 이름과 형제 에드워드의 이름을 붙이고 싶어 했지. 그리고 곧 신문에서 새 왕세자도 같은 이름으로 세례를 받았다는 기사를 본 거야. 그 뒤로는 일부러 여왕이 아이들에게 어떤 이름을 붙이는지 보고 나서야 내 아이 이름을 지었지. 끊기고 싶지 않았거든. 그래서 알프레드가 있었고, 또 사랑하는 앨리스가 있었어. 하지만 앨리스는 너무 일찍 세상을 떠났지. 여왕께서 앨리스를 잃기 훨씬 전이었어. 그때 이후로 난 더는 아이를 낳지 않았어. 만약 집에 남아 함께 지내줄 딸이 한 명만 있었다면, 여왕의 막내딸 비아트리스처럼, 얼마나 고마웠을까 싶지. 하지만 둘 중 한 사람만 그런 행운을 가질 수 있었다면, 그게 여왕이어서 다행이야. 우리 둘 다 고생은 했지만, 여왕이 짊어진 무게는 훨씬 더 컸으니까."

나는 마틴 부인에게 일 년 내내 혼자 지내시는지 조심스레 물었다. 그녀는 손주가 가끔 찾아오긴 하지만, 대부분은 혼자라고 말했다.

"내 곁에 조용히 머무는 걸 좋아하는 손녀가 하나 있지. 학교를 마치면 여기 와 살겠다고 늘 말하곤 해. 하지만 애가 너무 예쁘고 인기도 많아서, 앞으로 어떻게 될지는 알 수 없지."

마틴 부인의 눈에는 자랑스러움과 아쉬움이 함께 어렸다.

"그래, 앨버트가 세상을 떠난 뒤로는 거의 혼자였어. 벌써 오래전 일이야. 오랫동안 병을 앓으며 점점 기력이 약해지다가 결국 세상을 떠났지."

토드 부인에게는 익숙한 이야기인 듯, 그녀는 한쪽 발을 까딱대며 바닥을 두드렸다.

마틴 부인은 미소를 지으며 말을 이었다.

"난 줄곧 여기서 살아왔어. 여왕 폐하처럼 궁궐이 많은 것도 아니고, 이 집 하나가 내게는 전부지. 그래도 난 이걸로 좋아. 이리저리 옮겨 다니는 건 싫거든. 결국 우리 삶의 자리는 크게 다르지 않잖니. 여왕이 가진 걸 부러워한 적은 없어. 하지만 가끔은, 여왕이 시간이 없어 하지 못하는 평범한 일들을 내가 대신하고 있는 건 아닐까 싶어. 여왕은 훌륭한 살림꾼이었을 거야. 그 높은 자리에서도 그보다 잘할 수는 없었겠지. 또 어머니로서도 여왕만큼 훌륭한 분은 없었을 거야."

"그렇죠, 부인."

토드 부인이 곧장 맞장구치며 되물었다.

"그런데 그날은 어떻게 그렇게 여왕을 뵐 수 있었던 거예요? 지난번에도 물어보려다 말았거든요."

"우리 배가 템스강에 닻을 내리고 있었어. 워핑 위쪽이었지. 화물을 내리고 곧장 보르도로 떠나야 했어. 그런데 여왕께서 아침 열 시쯤 버킹엄궁을 나서 사열식에 참석하신다는 소식을 들었지. 그걸 듣자마자 남편 앨버트와 오빠 호레이스에게 달려가 '누가 절 좀 데려다줘요!' 하고 졸랐어. 둘 다 비웃으며 안 된다고 했지. 맡은 일이 있었거든. 그때 참 서운했어. 그 긴 항해를 견뎌낸 이유가 바로 그거였는데…. 하지만 곧 앨버트가 와서 날 달래줬어. 우리가 처음 결혼을 약속했을 때처럼 다정하게 말이야. 그제야 오빠도 사정을 이해하고 '넌 이미 충분히 일했으니 이제 하고 싶은 대로 해.'라고 하더군. 새 요리사가 그날 아침에 오기로 되어 있었으니까. 결국 오빠가 톰스턴 출신의 목수를 붙여줬어. 난 부랴부랴 옷을 갈아입고 작은 배를 타고 강을 거슬러 올라갔지.

물길이 세게 불어줘서 겨우 시간을 맞췄어. 강가에 닿자마자 배를 맡기고 곧장 공원을 달렸지. 인파가 빽빽했지만 내 눈엔 전부 밀랍 인형처럼만 보였어. 계속 길을 물으며 달려서 궁전 앞줄까지 파고들었지. 그때 문이 활짝 열리며 마차가 나왔어. 번쩍이는 말들, 황금빛 장식들, 그 안에 앉아 계신 여왕. 그 순간은 정말 천국 같았어. 아주 또렷이 볼 수 있었고, 여왕께서도 날 보며 환히 웃으셨지. 마치 우리 사이에 무언가 특별한 인연이 있다는 걸 아시는 것처럼."

잠시 동안 마틴 부인은 말을 잇지 못했다. 우리도 감히 질문을 던질 수 없었다. 마침내 그녀가 다시 입을 열었다.

"프린스 앨버트가 바로 옆에 앉아 있었어. 아, 참으로 잘생긴 분이었지! 얘야, 나는 지금 너희를 보듯 두 분을 함께 똑똑히 보았단다. 그러고는 이내 시야에서 사라졌고, 사람들은 환호하며 몰려들었지. 그날은 무슨 기념일이었던지, 거리마다 인파가 가득했어. 나는 목수와 잠시 헤어졌다가 다시 만났지. 그는 런던 구경을 시켜주겠다며 나를 온갖 곳으로 데려가려 했지만, 더는 아무것도 보고 싶지 않았어. 그대로 길을 내려가 강가로 가서 배를 타고 돌아왔단다. 그날 오후 나는 햇살 아래 갑판에 앉아 앨버트의 낡은 외투를 기워 주었어. 모든 게 그저 아름다운 꿈결 같았지. 뭐라 설명할 수는 없지만, 그날 이후로 나는 그 누구와도 그렇게 가까운 벗을 두었다고 느낀 적이 없단다."

우리는 마틴 부인의 이야기에 그저 조용히 귀 기울였다. 토드 부인이 가끔 영리한 질문을 던졌고, 마틴 부인의 눈빛은 이야기가 깊어질수록 더욱 빛났다. 이토록 풍부한 상상력과 진실한 애정이 오랫동안 부인의 마음속에 깃들어 왔다는 사실에 감탄하지 않을 수 없었다.

나는 시선을 부엌으로 돌렸다. 벽은 나무 연기에 그을려 있었고, 낡은 바닥에는 손수 짠 소박한 양탄자가 깔려 있었다. 커다란 괘종시계는 우리에게 말을 재촉하듯 똑딱거렸고, 방 맞은편 벽에는 대영제국의 여왕, 빅토리아 폐하의 오래된 초상화가 걸려 있었다. 그 아래 선반에는 작은 유리그릇에 꽂힌 꽃이 놓여 있었는데, 마치 여왕에게 바치는 선물처럼 보였다.

"더 많은 걸 읽을 수만 있었어도 거의 모든 걸 알 수 있었을 텐데…. 그래도 나는 가진 걸 끝없이 곱씹으며 생각했어. 그러다 보니 어느새 뚜렷해졌지. 때로는 여왕이 내 곁에 있는 것 같아, 마치 우리가 평생 함께 살아온 것처럼 느껴져. 숲길을 혼자 걸을 때면 여왕께 내 근심을 털어놓곤 했어. 그러면 언제나 '괜찮다, 참고 기다려야 한다'고 말씀해 주시는 것 같았지. 여왕이 쓴 하이랜드에 관한 책이 있는데, 바로 이 토드 부인이 소식을 전해줘서 구할 수 있었어. 내겐 그 책이 보물이야. 마치 나에게 직접 써주신 글처럼 느껴지거든. 지금도 일요일마다 펼쳐 읽으며 마음의 위안을 삼는다네. 예전에는 많은 걸 상상으로 채워야 했지만, 그 책을 읽고 나서는 내가 믿어온 것들이 사실이었음을 알 수 있었지. 우리는 생각이 많이 비슷했어."

마틴 부인은 확신 어린 애정을 담아 말했다.

"우린 같은 순간에 태어났으니, 그게 나의 운명이라고 믿어. 그녀는 여왕으로서 큰 책무를 지셨고, 나는 그저 평범한 인생을 살았지만, 두 사람 모두 최선을 다했지. 누구도 그걸 부정할 순 없어. 우리 사이에는 분명 무언가가 있어. 그녀는 내가 살아가는 데 가장 큰 배움이었어. 그녀는 내게 전부였단다. 여왕 즉위 50주년 축하 행사가 있었을 때, 아, 내 마음은 온전히 그녀와 함께였지. 여왕에게는 나만큼 큰 의미가 되진 않았겠지만 가끔은 이런 생각도 해. 이제 그분도 나이가 드셨으니, 혹시 우리 이야기를 알고 싶어하시지 않을까. 나이 들면 누구나 오래된 친구가 거의 남지 않잖니. 여왕도 나와 같을 거야. 우리가 같은 날 세상에 태어났다는 걸 아신다면 기뻐하실지도 모르지. 그래도 나는 여왕을 직접 뵌 덕분에 큰 복을 받았어. 언제든 그분의 삶을 내 마음속에 그려볼 수 있으니까. 다만 여왕은 아직 나를 모르지. 혹시 내 사랑이 그분의 마음을 살며시 붙들고 있을지도 모르지만, 그게 어디서 오는 건지는 모르실 거야. 가끔은 우리가 젊었던 시절로 돌아가, 아름다운 들판을 함께 거닐며 손을 맞잡는 꿈을 꾸곤 해. 여왕도 같은 꿈을 꾸실까? 예전에는 정말로 그분이 나를 알고, 곧 나를 찾아올 거라고 믿었던 때도 있었지."

그녀는 수줍게 두 뺨을 붉히며 말을 이었다.

"그럴 때면 내가 어떤 저녁상을 차려야 할지 상상하곤 했어. 여왕께서 오셔서 푹 쉬고 계신다는 건 아무에게도 알리지 않을 생각이었지. 그래도 토드 부인이나 블래킷 부인 같은 분이 우연히 들르면 좋겠다고는 생각했어. 두 분이라면 여왕과도 이야기꽃을 피울 수 있을 테니까. 아시다시피 여왕은 스코틀랜드 같은 거친 시골 풍경을 무척 좋아하시잖아."

"어머니가 계신 그린아일랜드로 모시고 가고 싶어요."

토드 부인이 갑자기 끼어들며 말했다.

"아, 그럼, 정말 좋겠지."

마틴 부인이 반가이 맞장구쳤다. 그러고는 목소리를 낮추어 조심스레 고백했다.

"어느 날은 여왕이 너무 보고 싶어서, 정말 오신다고 믿고 준비한 적이 있었어. 아무에게도 말한 적 없는데 너희라면 이해할 것 같아. 내가 직접 짠 제일 고운 시트와 담요를 꺼내 침대에 펴고, 집 안에는 꺾어온 꽃들을 가득 두었지. 하루 종일 즐겁게 일하며, 정성껏 저녁상을 차렸어. 마음속으로는 여왕이 오셔서 나와 함께 식사하신다고 상상했지. 하지만 해가 지고 어둠이 내리자, 문득 혼자라는 게 실감 났어. 그때 꿈이 한순간에 사라져 버렸지. 문간에 앉아 멍하니 있던 그때, 갑자기 발소리가 들렸어. 나가 보니, 평소라면 내가 피했을 먼 친척이 길을 잃고 찾아온 거야. 그분은 정신이 온전치 않다고들 했지만, 해가 되는 사람은 아니었어. 그날은 이상하게 반가워서 먼저 나가 맞이했고, 함께 저녁을 먹었지. 혼자였다면 차마 손도 못 댔을 저녁상이었거든."

"이 이야기를 들을 때마다, 그날만큼 즐겁고 찬란한 순간이 여왕의 생애에 또 있었을까 생각했어요."

토드 부인이 다정하게 말했다.

"그 얘기를 듣고 나니, 정말 여왕이 직접 오고 싶었는데 사정이 안 돼서, 그 가여운 친척을 대신 보낸 게 아닐까 싶을 정도였다니까요."

마틴 부인은 잠시 머뭇거리다 토드 부인을 보더니, 다시 나를 바라보았다.

"내가 저녁상을 차린 건… 참 어리석은 짓이었지."

그녀가 조용히 말했다.

"아니에요. 그런 일은 누구나 한 번쯤 하죠. 부인만 그런 건 아니에요."

토드 부인이 부드럽게 답했다. 그러고는 한동안 말을 잇지 못했다.

두 여인은 의자를 서로 마주 보도록 옮겼고, 나는 그 곁에서 조용히 그 모습을 바라보았다.

"마틴 부인, 이렇게까지 이야기해 준 건 오늘이 처음이에요."

토드 부인이 나직하게 말했다.

"생각해 보세요. 사람의 마음에 왜 상상력이 있겠어요. 그런 아름다운 꿈이야말로 삶의 진짜 일부인 거예요. 하지만 대부분의 사람들이 자기 바깥에서 일어나는 일상만이 전부라고 여기지요."

마틴 부인은 처음에는 토드 부인의 말을 곧바로 이해하지 못한 듯 보였다. 그러나 이내 얼굴에 기쁨과 깨달음의 빛이 번지더니, "맞아, 정말 그 말이 옳아."라고 소리치며 몸을 돌려 나를 바라보았다.

"내 여왕 사진들, 보고 싶지 않니?"

우리는 모두 자리에서 일어나 그녀가 귀하게 간직해 둔 안방으로 들어갔다.

5

정오의 방문은 눈 깜짝할 새에 지나가 버렸다. 9월의 낮은 해가 점점 짧아지는 계절의 흐름을 따라 서둘러 기울고 있었다. 여왕의 사진들을 본 뒤에는, 두 사람은 한동안 그 위대한 화제는 접어두고 그보다 덜 중요한 사람들의 이야기를 나누었다. 그러는 사이 토드 부인이 예상했던 대로 차가 나왔다. 나는 문득, 여왕 폐하도 '제대로 우린 차'를 좋아한다는 말을 떠올렸다. 그러자 그 순간, 여왕께서 이 외딴곳의 공손한 사람들과 함께 자리에 앉아 있는 듯한 기분이 들었다. 마틴 부인의 여윈 뺨에는 소녀 같은 홍조가 돌았다.

"차를 좀 특별하게 끓일 땐 늘 여왕을 생각하게 돼. 할머니께서 쓰시던 진짜 도자기 찻잔이 하나 있는데, 이젠 그걸 여왕의 잔이라고 불러야겠어."

마틴 부인이 말했다.

"그러면 되겠네요."

토드 부인이 따뜻하게 미소 지으며 대답했다.

잠시 후, 우리는 늦가을 인디언 서머가 오면 던넷 랜딩과 그린아일랜드로 함께 가자고 약속했다. 하지만 나는 토드 부인이 봄에 쓰라며 건넨 약초 꾸러미를 보며, 그녀가 아마 그 전에 다시 만날 수 있을 거라고는 생각하지 않는다는 것을 느꼈다.

우리가 길모퉁이에서 뒤돌아보았을 때, '여왕의 쌍둥이'는 여전히 문간에 서서 우리를 향해 손을 흔들고 있었다. 토드 부인은 걸음을 멈추고 잠시 그녀를 바라보다가 다시 손을 흔들며 말했다.

"한 가지는 분명하네. 우리가 그분을 외롭게 두고 온 건 아니야."

그렇게 우리는 언덕 너머로 이어진 긴 귀로에 올랐다. 오후 햇살이 길게 드리운 언덕을 지나, 어둑해진 숲속의 왜가리 늪을 가로질러 집으로 돌아왔다.

후회

Regret

기 드 모파상(Guy de Maupassant, 1850~1893)

프랑스 노르망디 출신, 사실주의와 자연주의를 대표하는 작가다. 《여자의 일생》, 《비곗덩어리》 등 일상 속 인간의 욕망과 위선을 예리하게 포착한 작품으로 널리 알려져 있다. 간결하면서도 힘 있는 문체와 날카로운 통찰은 현대 단편 문학의 기틀을 세웠다. 짧은 생애 동안 300편이 넘는 작품을 남기며 프랑스 문단에 깊은 영향을 끼쳤다.

一

 사발, 망트에서 '사발 영감'이라 불리는 그가 막 자리에서 일어났다. 비가 내리고 있었다. 쓸쓸한 가을날, 낙엽이 빗속에서 천천히 떨어졌다. 낙엽은 또 다른 비처럼, 더 무겁고 더 느리게 흘러내렸다.

 사발의 마음은 밝지 않았다. 그는 벽난로에서 창가로, 창가에서 다시 벽난로로 발걸음을 오갔다. 인생에는 때때로 어두운 날들이 있는 법이다. 그러나 그에게는 이제 어두운 날들만 남아 있을 것이다. 그는 예순두 살이었다. 평생 결혼하지 않은 채 홀로 살아왔고, 곁에는 아무도 없었다. 다정하게 곁을 지켜줄 이 하나 없이 외롭게 죽음을 맞아야 한다니, 얼마나 슬픈 일인가.

 그는 자기 삶을 되돌아보았다. 얼마나 공허하고, 황량했던가. 어린 시절 부모와 함께 살던 집이 떠올랐다. 이어서 중학교 시절, 가끔의 외출, 파리에서의 법학 공부 그리고 아버지의 병환과 죽음. 그는 다시 어머니와 함께 살게 되었다. 젊은 아들과 늙은 어머니, 두 사람은 한집에서 그저 평온하게 무엇도 더 바라지 않고 살아갔다. 그러다 어머니마저 세상을 떠났다. 아, 인생이란 얼마나 슬픈 것인가.

그는 홀로 남았다. 그리고 이제 머지않아 그도 죽음을 맞을 것이다. 그는 사라지고 모든 것이 끝날 것이다. 이 세상에는 더 이상 '폴 사발'이라는 이름조차 남지 않을 것이다. 얼마나 끔찍한 일인가! 다른 이들은 살아가고, 사랑하고, 웃을 것이다. 사람들은 즐겁게 지내겠지만, 그는 더 이상 존재하지 않을 것이다. 죽음이라는 이 영원한 확실성 아래서도 사람이 웃고 즐기고 기뻐할 수 있다니, 얼마나 기이한 일인가. 죽음이 단지 '가능성'에 불과하다면 희망을 품을 수 있었을지도 모른다. 그러나 아니다. 죽음은 피할 수 없다. 낮 뒤에 밤이 오듯, 그렇게 확실하다.

그의 삶이 차라리 무언가로 채워졌더라면, 무언가를 이루었더라면, 모험이 있었더라면, 커다란 기쁨이나 성공이나 온갖 성취감을 맛봤더라면. 그러나 아니다. 아무것도 없었다. 그는 아무것도 하지 않았다. 늘 같은 시간에 일어나 먹고, 같은 시간에 잠드는 것뿐이었다. 그렇게 예순두 살이 된 것이다. 그는 다른 남자들처럼 결혼조차 하지 않았다.

왜였을까? 왜 결혼을 하지 않았을까? 그렇다, 그도 결혼을 할 수 있었을 것이다. 그는 어느 정도 재산도 갖고 있었다. 기회가 없었던 걸까? 어쩌면 그럴지도 모른다. 하지만 기회란 스스로 만드는 것이 아닌가! 그는 무기력했다. 바로 그것이었다. 무기력이 그의 가장 큰 병이자, 결함이자, 죄악이었다. 얼마나 많은 사람들이 이 무기력 때문에 인생을 그르치는가. 어떤 이들에게는 일어나고, 움직이고, 수고하고, 말하고, 무언가를 배우는 일이 그렇게도 힘겹다.

그는 사랑받지도 못했다. 어떤 여인도 사랑에 모든 것을 내맡기며 그의 가슴에 안겨 잠든 적이 없었다. 그는 기다림의 달콤한 고통도, 맞잡은 손에서 오는 성스러운 전율도, 사랑이 절정에 다다를 때의 황홀한 도취도 알지 못했다.

처음 입술이 맞닿는 순간, 네 개의 팔이 두 존재를 하나로 묶어 절대적인 행복을 쏟아붓는 순간, 서로에게 미쳐버린 두 존재가 하나가 되는 순간, 그때야말로 인간의 심장을 압도하는 초월적인 기쁨이 밀려드는 것이리라.

사발은 가운 차림으로 난롯불 앞에 앉아 있었다. 그의 인생은 실패였다. 완전한 실패였다. 그러나 그도 사랑한 적이 있었다. 그는 사랑했다. 은밀하게, 아프게 그리고 언제나처럼 무기력하게. 그렇다, 그는 친구의 아내, 상드르 부인을 사랑했다. 아, 그녀가 아가씨일 때 만났더라면−그가 그녀를 알게 되었을 때, 그녀는 이미 유부녀였다−분명 그랬더라면 그는 그녀에게 청혼했을 것이다. 그는 그녀를 사랑했다.

처음 본 날부터 줄곧, 한순간도 멈춤 없이.

그는 그녀를 볼 때마다 찾아오던 떨림을 기억했다. 헤어지고 돌아설 때의 쓸쓸함도, 그녀를 생각하느라 뒤척이던 밤도 기억했다. 그리고 아침이 오면, 그는 밤의 열기가 가라앉은 듯, 전보다 조금 덜 사랑하는 자신을 발견하곤 했다. 왜였을까?

아, 그녀가 예전에는 얼마나 예쁘고, 사랑스럽고, 금발 곱슬머리에, 웃음 많던 여인이었던가! 상드르는 그녀에게 어울리는 남자가 아니었다. 이제 그녀는 쉰여덟이 되었고 행복해 보였다. 아, 그때 그녀가 자신을 사랑해 주었더라면! 그런데 그녀는 왜 그를, 사발을 사랑하지 않았을까? 그가 그토록 그녀를 사랑했는데 말이다.

그녀가 조금이라도 눈치챘더라면…. 아무것도 짐작하지 못했을까, 전혀 보지 못했을까, 알아차리지 못했을까? 그렇다면 그녀는 무슨 생각을 했을까? 말을 했다면, 그녀는 무어라 대답했을까?

사발은 수없이 많은 물음을 자신에게 던졌다. 그는 마치 자신의 삶을 다시 살아가는 듯, 기억 속 잊히지 않는 구석구석을 하나하나 더듬으며 불러내려 애썼다. 상드르의 집에서 보냈던 긴 저녁들이 떠올랐다. 그때 그녀는 젊고, 참으로 매혹적이었다. 그가 들었던 그녀의 말, 목소리의 억양, 말없이 짓던 작은 미소, 그 안에 숨어 있던 수많은 생각들을 그는 또렷이 기억했다.

상드르는 군청의 하급 관리였다. 셋이 함께 센강을 따라 거닐던 산책, 일요일마다 들판에 나가 풀밭에서 함께 먹던 점심, 그 모든 기억들이 되살아났다. 그리고 어느 봄날, 강가의 작은 숲에서 보냈던 한 오후의 추억이 문득 선명하게 떠올랐다.

그들은 점심거리를 보자기에 싸 들고 아침 일찍 집을 나섰다. 날씨는 맑았고, 공기에는 생기가 가득했다. 그런 날엔 누구나 마음이 들뜨게 마련이었다. 모든 것이 향기로웠고, 모든 것이 행복해 보였다. 새들은 한층 더 즐겁게 지저귀었고, 날갯짓도 가벼웠다. 그들은 햇볕에 나른히 잠든 물가의 버드나무 아래 풀밭에 자리를 잡고 식사를 했다. 공기에는 신선한 수액의 향이 가득했고, 들이마실 때마다 황홀한 기운이 온몸에 스며들었다. 정말이지, 얼마나 아름다운 날이었던가!

점심 뒤에 상드르는 등을 대고 잠들었다 깨어나서는 "내 생애 최고의 낮잠이었어."라고 말했다. 그 사이 상드르 부인은 사발의 팔을 끼고, 둘만의 산책을 나섰다. 그녀는 그에게 몸을 기댄 채 웃으며 말했다.

"나 취했어요, 완전히 취했다고요."

사발은 심장이 떨려오는 것을 느끼며 그녀를 바라보았다. 얼굴이 창백해졌다. 혹여 눈빛이 지나치게 대담해 보일까, 혹여 손끝의 떨림이 그의 비밀을 드러낼까 두려웠다.

그녀는 긴 풀과 수련꽃으로 관을 엮어 머리에 쓰더니 장난스럽게 물었다.

"제 이런 모습도 사랑하시나요?"

그는 대답하지 못했다. 차라리 무릎이라도 꿇고 싶었지만, 그 순간에는 한마디 말도 떠오르지 않았다. 그러자 그녀는 못마땅한 듯 웃음을 터뜨리며 그의 얼굴을 향해 퍼붓듯 말했다.

"바보 같으니! 무슨 말이라도 좀 해 보세요!"

사발은 울음이 치밀었으나 끝내 입을 열지 못했다. 이제 그 모든 장면이 또렷이 되살아났다. 왜 그녀는 그때 그렇게 말했을까. '바보 같으니! 무슨 말이라도 좀 해 보세요!'

그는 그녀가 다정하게 그의 팔에 몸을 기대던 순간을 기억했다. 고개를 숙인 채 나무 아래를 지날 때, 그녀의 귀가 그의 뺨을 스쳤다. 그는 혹시 자신이 일부러 그런 줄 오해받을까 두려워, 황급히 몸을 빼며 말했다.

"이제 돌아가야 하지 않을까요?"

그녀는 묘한 눈길을 보냈다. 분명 평소와는 다른 눈빛이었다. 그때는 그 뜻을 알지 못했지만, 이제는 그 시선이 담고 있던 의미를 또렷이 떠올릴 수 있었다.

"당신이 원한다면요. 피곤하다면 돌아가야죠."

그는 서둘러 대답했다.

"피곤해서가 아니라… 아마 상드르가 지금쯤 깨어 있지 않을까 해서요."

그러자 그녀는 어깨를 으쓱하며 말했다.

"남편이 깼을까 봐 두려운 거라면, 그건 또 다른 얘기네요. 돌아가요."

돌아오는 내내 그녀는 말이 없었다. 더 이상 그의 팔에 몸을 기대지도 않았다.

'왜였을까?'

그는 그때까지 자신에게 이 질문을 한 번도 던져본 적이 없었다. 하지만 이제야 비로소 무언가를 깨달은 듯했다. '설마…?'

사발의 얼굴이 붉게 달아올랐다. 그리고 갑자기 벌떡 일어섰다. 마치 서른 살은 젊어진 듯, 상드르 부인이 "당신을 사랑해요."라고 속삭이는 소리를 직접 들은 것처럼 가슴이

요동쳤다.

그럴 수 있었을까? 이제야 가슴속에 스며든 이 의혹이 그를 괴롭혔다. 그는 그때 정말로 알아채지 못했던 것일까? 짐작조차 하지 못했던 것일까? 아, 만약 그게 사실이라면, 그토록 가까이에 있던 행복을, 손에 쥘 수 있었던 순간을 놓쳐버린 것이라면!

그는 다짐했다. 알아내야 한다. 이 의혹 속에 남아 있을 수는 없다. 반드시 알아내고야 말겠다.

사발은 급히 옷을 걸쳐 입으며 속으로 중얼거렸다.

"내가 예순두 살, 그녀는 쉰여덟. 이제 와서 물어본들 뭐 어떻겠는가."

그러고는 집을 나섰다. 상드르의 집은 길 건너, 그의 집 바로 맞은편에 있었다. 그는 곧장 그곳으로 향했다.

초인종을 누르자 어린 하녀가 나와 문을 열었다. 그녀는 이른 시각에 그가 찾아온 것이 놀라운 듯 눈을 크게 뜨며 물었다.

"이렇게 일찍 오시다니, 무슨 일이라도 있으신 건가요?"

"아니란다. 하지만 부인께 지금 당장 꼭 드릴 말씀이 있다고 전해다오."

"부인께서는 부엌에서 겨울에 드실 배잼을 만들고 계세

요. 아직 차려입지도 않으셨고요."

"알겠다. 하지만 아주 중요한 일이라고 꼭 전해라."

하녀가 나가자, 사발은 응접실을 큰 걸음으로 오가며 초조하게 서성였다. 그러나 이상하게도 마음은 전혀 어지럽지 않았다. 아, 이제 곧 물을 수 있으리라. 마치 요리법이라도 묻듯, 아무렇지 않게 입을 열 수 있을 것이다. 이제 예순두 살이지 않은가.

마침내 문이 열리고 그녀가 나타났다. 이제 그녀는 풍만한 체구에 불거진 볼, 호탕한 웃음을 가진 여인이었다. 팔을 양옆으로 넓게 벌린 채 들어왔는데, 팔뚝에는 달콤한 잼이 묻어 있었다. 그녀는 걱정스러운 얼굴로 물었다.

"무슨 일이에요, 사발 씨. 어디 아프신 건 아니지요?"

그가 답했다.

"아니오, 부인. 하지만 제겐 너무도 중요한 한 가지가 있습니다. 제 마음을 괴롭히는 일이지요. 솔직히 대답해 주시겠습니까?"

그녀는 미소를 지었다.

"난 언제나 솔직해요. 말씀해 보세요."

"저는 당신을 처음 본 날부터 사랑했습니다. 혹시 알고 계셨나요?"

그녀는 예전처럼 장난기 어린 말투로 웃으며 대답했다.

"바보 같으니! 첫날부터 다 알았지요!"

사발은 온몸이 떨렸다. 그는 더듬거리며 말했다.

"알고 계셨단 말입니까? 그렇다면…."

그러고는 말을 잇지 못하자 그녀가 물었다.

"그렇다면? 뭐가요?"

그는 다시 입을 떼었다.

"그렇다면… 그때 무슨 생각을 하셨습니까? 당신은 뭐라고 대답했을까요?"

그녀는 더 크게 웃었다. 손끝에서 잼 방울이 뚝뚝 바닥에 떨어졌다.

"제 대답이요? 하지만 당신은 아무 말도 안 했잖아요. 고백은 내가 할 수 있는 게 아니잖아요!"

사발은 그녀 앞으로 한 발 다가서며 다급히 말했다.

"말해 주시오, 제발 말해 주시오. 그날 기억하십니까? 점심 후에 상드르가 풀밭에 누워 잠들었을 때…. 우리 둘이 저 굽이 돌아 나가던 길 위에서…."

그는 대답을 기다렸다. 그녀는 웃음을 멈추고 그의 눈을 똑바로 바라보았다.

"물론이지요. 기억하고 있어요."

그는 몸을 떨며 물었다.

"그렇다면…. 그날 만약 내가 조금 더 대담했다면, 당신은 어떻게 하셨겠습니까?"

그녀는 아무것도 후회하지 않는다는 듯, 오히려 행복해 보이는 미소를 지었다. 그러고는 맑고 단호한 목소리로, 그러나 어딘가 비웃음 섞인 말투로 대답했다.

"난 순순히 따랐을 거예요, 사발 씨."

그녀는 몸을 홱 돌려 다시 부엌으로 달려갔다.

사발은 그 말을 들은 뒤, 마치 큰 재앙을 겪은 사람처럼 망연자실하여 그녀의 집을 나왔다. 그는 비를 맞으며 빠른 걸음으로 길을 걸었다. 곧장 강 쪽으로, 어디로 가는지도 모른 채 발길이 이끄는 대로 내달렸다.

강둑에 이르자 오른쪽으로 방향을 틀어 물길을 따라 걸었다. 그는 오래도록 걸었다. 옷은 비에 흠뻑 젖었고, 모자는 흐물흐물 늘어져 지붕처럼 물을 뚝뚝 떨어뜨렸다. 그러나 그는 멈추지 않았다. 계속, 계속 걸어갔다.

그리고 마침내 그날, 오래전 그날 점심을 먹었던 바로 그 자리, 기억만으로도 가슴을 저며 오던 그 자리에 이르렀다.

그는 잎이 다 떨어져 앙상한 가지만 남은 나무 아래에 앉았다. 그리고 울었다.

세 번의 입맞춤

Three Thanksgiving Kisses

에드워드 페이슨 로(Edward Payson Roe, 1838~1888)

미국 뉴욕주 하이랜즈 출신. 현실적이면서도 따뜻한 인간 이해를 바탕으로 한 대중소설을 다수 발표했다. 대표작 《전쟁의 장벽이 불타다(Barriers Burned Away)》에서 전쟁과 신앙, 인간의 회복을 사실적이면서도 도덕적인 시선으로 그려냈다. 국내에는 비교적 덜 알려져 있지만, 19세기 후반 미국에서 대중문학과 사실주의의 다리를 놓은 작가로 평가된다.

―

　추수감사절 전날이었다. 짧고 흐린 11월의 오후는 빠르게 초저녁의 어둠 속으로 스며들고 있었다. 잎을 모두 떨군 나무들은 스쳐 가는 돌풍에 삐걱거리며 신음했고, 얼어붙은 가지들이 부딪혀 내는 마른 소리는 한여름 졸음 섞인 바람에 흔들리던 잎사귀 소리와는 전혀 달랐다. 잎사귀들은 이제 바람에 쫓겨 이리저리 흩날리며, 고향의 닻줄에서 풀려난 망명자처럼 표류했다. 잠시 땅 위에 내려앉았다가도 곧 제힘으로는 거스를 수 없는 기류에 실려 어디론가 떠밀려 갔다.

　마을로 이어지는 거리는 텅 비다시피 했고, 드문드문 스치는 사람들마저 옷깃을 여미고 고개를 숙인 채, 차가운 바람을 피해 서둘러 걸음을 옮겼다. 들판은 갈색빛으로 메말라 있었고, 멀리 언덕 위의 풍경 또한 음울하기 짝이 없었다. 하지만 그 황량함 속에서도 초록빛 새싹이 돋아난 밀밭이 있었다. 늙은 겨울 속에서도 꺼지지 않는 아이 같은 믿음처럼, 그 푸른빛은 어두운 풍경을 환히 밝혀주며 다가올 새해의 햇살과 풍요로운 수확을 예고하는 듯했다.

　을씨년스러운 11월의 기운도 앨퍼드 부인의 아늑한 응접실까지는 스며들지 못했다. 이곳은 언제나 손님을 맞이하는 집안의 공식적인 방이었지만, 결코 딱딱하거나 위압적인 공간은 아니었다. 세련된 장식과 단정한 분위기 속에서도, 가족들이 모이는 거실의 따뜻한 온기가 자연스럽게 스며 있었다. 그래서 편안한 거실에서 이 응접실로 들어와도, 마치 햇살이 가득한 곳에서 얼음의 나라로 옮겨온 듯한 냉기는 전혀 느껴지지 않았다.

그러니 독자 여러분도 매서운 바람을 피해 이 다정한 응접실로 들어와, 활활 타는 난롯불 앞에 서서 그곳의 주인, 한 봄날 같은 소녀를 만나 보시기를 바란다.

막 열일곱 살이 된 엘시 앨퍼드는 나이에 비해 훨씬 어려 보였다. 어떤 소녀들은 십 대를 한참 지나서도 여전히 어린애 같은 천진한 웃음과 순수를 간직한 채 피어오르는 여인의 생기와 함께했다. 엘시가 바로 그랬다. 그녀의 아름다움은 세련된 사교계의 인위적인 꽃이 아니라, 뉴잉글랜드의 자연에서 피어난 들꽃과 같은 것이었다. 섬세하면서도 강인한 바람꽃처럼 말이다.

엘시는 또한 그 꽃처럼 수줍고 쉽게 마음이 흔들리는 성격이었지만, 진실과 원칙이라는 단단한 바위 위에 뿌리내리고 있었다. 가족 중 막내이자 모두의 사랑을 한 몸에 받는 귀염둥이였지만, 그 사랑은 결코 응석이나 이기심을 키우는 방식이 아니었다. 오히려 가족 전체의 따뜻한 애정이 한데 모여 그녀를 비추는 햇살 같았다. 가족들은 늘 그녀를 '작은 여동생' 혹은 '꼬마 아가씨'라고 불렀다. 엘시는 실제로도 어리게 굴었다. 고양이처럼 장난스럽고, 감정 변화가 잦아 기분이 순식간에 바뀌곤 했다.

그러나 엘시가 점점 여인으로 자라며 몸과 마음이 성숙해질수록, 침착하고 이성적인 그녀의 아버지 앨퍼드는 점점 걱정이 깊어졌다. 어느 날 저녁 식탁에서 엘시가 특유의 재잘거림으로 분위기를 떠들썩하게 만들자, 앨퍼드가 못 이기는듯 말했다.

"엘시, 넌 도대체 언제쯤 어른스러워질 거니?"

그녀는 곱슬머리 사이로 장난기 어린 눈빛을 반짝이며 말했다.

"글쎄요, 제가 므두셀라* 할머니만큼 나이를 먹게 된다면 가능할지도 모르죠."

가족들은 엘시를 억지로 어른답게 만들려 하지 않았다. 세상살이에서 피할 수 없는 두 가지, 근심과 시련이 언젠가는 그녀를 단단하게 만들 거라고 믿었기 때문이다. 그러나

---

* **므두셀라** 성경 속 인물로, 구약 '창세기'에 등장하는 가장 장수한 사람. 969세까지 살았다고 전해짐.

세 번의 입맞춤

이 이야기가 보여주듯, 엘시를 진짜 어른으로 이끈 건 그런 무거운 일들이 아니었다.

그날, 11월의 바람이 엘시의 곱슬머리 사이를 스치듯 지나갔다. 그러나 그녀의 얼굴은 봄 햇살처럼 밝고 생기 있었다. 그녀는 자꾸만 창가로 다가가 밖을 내다보았다. 그녀의 시선을 사로잡은 것은 스산하게 저물어가는 풍경이 아니라, 곧 다가올 기쁨을 기다리는 설렘이었다. 몸짓에는 기대에 찬 긴장감이 고스란히 묻어났다. 그럴 만했다. 세상에서 가장 사랑하는 오빠, 저보다 한 살 많은 신학생이 추수감사절을 맞아 오랜만에 집으로 돌아오고 있었기 때문이다.

기차의 기적 소리가 멀리서 들려오자, 엘시는 그 몇 분의 기다림조차 견디기 힘들었다. 오랫동안 떨어져 있던 오빠를 반길 생각에, 그녀의 마음은 환희와 그리움으로 뜨겁게 달아올랐다.

하지만 엘시는 어머니의 부름에 부엌으로 갈 수밖에 없었다. 마음만으로는 뉴잉글랜드의 추수감사절을 준비할 수 없다는 걸 잘 알고 있었기 때문이다. 일이 끝나자마자 엘시는 재빨리 창가로 달려갔다. 마침 그녀는 익숙한 회색 외투 자락이 현관 계단을 오르는 모습을 본 듯했다.

그러나 현관 앞에 서 있던 사람은 낯선 젊은 남자였다. 그가 초인종을 누르려 손을 뻗는 순간, 문이 벌컥 열리더니 한 소녀가 하늘에서 떨어진 별처럼 그의 품으로 뛰어들었다. 그리고 이어진 것은 순식간의 입맞춤이었다. 훗날 그는 그 순간의 충격이 발끝까지 전해지는 듯했다고 고백했다.

그의 놀란 기색에 엘시는 본능적으로 얼굴을 들었다. 뺨에 닿은 낯선 구레나룻 아래에서, 그녀는 모르는 남자를 두 팔로 껴안고 있다는 사실을 깨달았다. 어둠이 짙어지고 있었지만, 그것만은 분명히 보였다. 엘시는 깜짝 놀라 몸을 홱 떼어내더니, 마치 바람에 흔들리는 바람꽃처럼 온몸을 떨며 한 걸음 물러섰다. 크고 파란 눈이 놀람과 두려움으로 한층 커졌고, 말을 잇지 못한 채 그 낯선 이를 그저 바라볼 뿐이었다. 그 어색한 상황이 어떻게 끝날지 아무도 알 수 없었다. 바로 그때, 길가에서 익숙한 목소리가 들려왔다.

"이봐, 요망한 꼬마 아가씨! 갑자기 붙잡고 입을 맞추더니, 이제는 떨어져서 감상 중이야?"

오빠의 목소리였다.

반가움과 부끄러움 그리고 이 '끔찍한 남자'에 대한 두려움이 한꺼번에 밀려오자, 엘시는 거의 울먹이며 오빠의 품으로 달려갔다.

"그는 '끔찍한 남자'가 아니야. 내 동창이야. 그나저나 스탠호프, 잘 있었나? 네가 내 여동생이랑 그렇게 가까운 사이인 줄 몰랐는데?"

그는 반쯤 농담조로, 반쯤은 호기심이 섞인 말투였다. 아직 상황을 완전히 파악하지 못했기 때문이다.

열린 문틈으로 새어 나온 현관 불빛이 젊은 남자의 얼굴을 비췄다. 이제 우리는 그를 스탠호프라 불러야 한다. 조지 앨퍼드는 그제야 친구를 알아보았다. 스탠호프는 당황한 나머지 어둠 속으로 숨어버리고 싶었지만, 조지의 재빠른 인사에 도망칠 틈이 없었다. 그는 얼굴에 당혹스러움이 가득한 채 더듬거리며 말했다.

"나를 너로 착각한 것 같아. 여동생은 처음… 보는 거고."

"아, 이제 알겠네. 제멋대로 굴기 좋아하는 내 여동생이 확인도 안 하고 먼저 입맞춤부터 했다 이거군. 자네가 운이 좋은 거지 뭐. 그런 입맞춤 하나면 추수감사절을 두 번은 보낼 수 있겠는걸."

조지가 부끄러워 어쩔 줄 몰라 하는 스탠호프의 손을 힘껏 잡으며 호탕하게 웃었다.

"이제 와서 굳이 소개할 필요도 없겠네. 그런데 내 여동생은 어디로 간 거지? 설마 11월 바람에 날아가 버린 건 아니겠지?"

"아마 그 아가씨는 옆문으로 돌아간 것 같아. 내가 불편한 모양이야."

"무슨 소리야! 괜한 걱정은 마. 그냥 웃고 넘길 해프닝일 뿐이야. 나중에 그 장난꾸러기 여동생을 놀릴 좋은 이야깃거리 하나가 생겼군. 자, 어서 들어가. 이러다 추수감사절 식사도 놓치겠어."

당황한 스탠호프는 저항할 틈도 없이 조지에게 이끌려 불빛이 환한 집 안으로 들어갔고, 문은 그의 뒤에서 조용히 닫혔다.

그 사이 엘시는 회오리바람처럼 부엌으로 뛰어들었다. 그곳에서는 어머니 앨퍼드 부인이 추수감사절 음식을 분주히 챙기고 있었다.

"엄마, 조지가 왔어요. 그런데 오빠랑 끔찍한 남자 한 명이 같이 왔어요. 저를 거의 잡아먹을 뻔했어요."

엘시는 그 사건을 아주 '여성스러운 방식'으로 요약하고는, 재빨리 불빛이 희미한 응접실로 달려가 복도를 엿보았다.

그때 스탠호프가 조용히 말했다.

"이제 그만 갈게. 내가 가족의 반가운 재회를 방해한 것 같아. 나는 낯선 사람일 뿐이잖아."

이에 엘시는 속으로 간절히 외쳤다.

"아멘."

그때 마침 앨퍼드 부인이 나타났다. 그녀는 아들을 따뜻하게 맞이한 뒤, 다정하고 품격 있는 미소로 그의 친구에게도 인사를 건넸다.

조지는 지금 그 어느 때보다도 행복했다. 스탠호프의 뜻밖의 등장은 장난기 많은 그에게 딱 어울리는 해프닝이었다. 친구를 휴일 내내 붙잡아 둘 수만 있다면, 두고두고 웃으며 이야기할 재미난 추억이 될 것이다. 게다가 조지는 예전부터 조용하고 진지한 이 청년에게 호감을 느끼고 있었기에 이번 기회에 그를 더 잘 알고 싶다는 마음이 들었다.

"어머니, 제 친구 스탠호프예요. 이번 휴일 동안 저희와 함께 지내시게 좀 도와주세요."

"그럼, 당연히 우리 집에 묵어야지!"

앨퍼드 부인이 반갑게 웃으며 말했다.

스탠호프의 얼굴이 순식간에 붉게 상기되었다. 그는 어찌할 바를 몰라 서성였다.

"부인, 오해가 있으신 것 같아요. 저는 초대받은 손님이 아니에요. 그냥 잠깐 볼 일이 있어서 들렀을 뿐인데, 그만…."

그는 더 말을 잇지 못했다. 조지가 참지 못하고 크게 웃음을 터뜨렸다.

엘시는 어둠 속에서 두 손을 꼭 쥔 채, 보이지 않는 곳에서 그 '낯선 남자'를 향해 주먹을 살짝 흔들었다. 스탠호프는 더 당황해 덧붙였다.

"제발 오늘은 이만 인사드리게 해주세요. 제가 감히 신세를 질 자격은 없어요."

"그럼 지금 어디 묵고 있나요?"

앨퍼드 부인이 어리둥절한 표정으로 물었다.

"적어도 며칠은 우리 집에서 함께 지내세요."

"그럴 순 없습니다. 오래 머물 일도 아니고요. 마을 여관에 방을 잡았습니다."

"자, 들어 봐, 스탠호프."

조지가 문을 등지고 서서 나가는 길을 막으며 말했다.

"내가 신학도라고 해서, 예의도 모르는 사람쯤으로 아는 건 아니겠지? 추수감사절에 친구를 허름한 여관에서 남은 음식이나 데워 먹게 내버려두는 그런 매정한 사람이라고 생각하나? 그런 짓을 했다간 앞으로 강의실에서 자네 얼굴을 똑바로 볼 자신이 없어질 거야. 그러니 제발 내 마음의 평화를 위해서라도, 우리 집에서 머무는 게 낫다고 생각해 줘.

스탁스 여관보다 훨씬 견딜 만할걸."

"그야 뭐, 잠깐 본 것만으로도 여기가 훨씬 따뜻한 집 같긴 하네요. 하지만 이렇게 불쑥 나타난 낯선 사람이 신세를 지는 건…."

"그만, 그만! 더 말할 것도 없어. 성경에도 '나그네를 대접하라'는 말이 있잖아? 그러니까 자네야말로 가장 대접받을 이유가 있는 손님이야. 게다가 그 말씀은 거꾸로도 통하지. 가끔은 그 나그네가 천사들 틈으로 찾아오기도 하지. 우리 어머니를 봐, 이백 살은 넘었을 것 같지만 천사보다 더 천사 같은 분이시고, 엘시는… 글쎄, 천사라기보다 마녀 반, 요정 반이지. 그래도 걱정은 마. 어머니가 차린 음식이면 누구라도 마음이 풀릴 거야. 아무튼 더 이상 버티지 말고 와. 좋든 싫든, 오늘 같은 11월의 폭풍 속으로 널 내보내진 않을 거야."

엘시는 분개했다. 오빠가 스탠호프를 억지로 '손님방'으로 안내하는 모습을 보고, 얼굴이 활활 달아올랐다. 그녀는 눈에 눈물이 고인 채 부엌으로 뛰어들었다. 앨퍼드 부인은 내일까지 먹어도 충분할 추수감사절 만찬을 준비하고 있었다.

"엄마, 엄마!" 엘시가 외쳤다.

"그 끔찍한 낯선 사람을 왜 붙잡아 두신 거예요? 추수감사절 다 망치겠어요!"

"얘야, 무슨 말이니?"

부인은 놀란 얼굴로 고개를 들었다. 고소한 냄새가 가득한 부엌 속에서, 딸의 붉은 얼굴이 따뜻한 김 사이로 떠오른 달처럼 보였다.

"오빠의 친구면 당연히 반가운 손님이지, 왜 안 그래?"

"글쎄요, 미리 알았다면 몰라도, 그렇게 느닷없이 나타난 사람이라면… 조금은 알고 지내야 하는 거 아닌가요?"

"세상에, 얘야! 넌 언제부터 그렇게 형식 타령을 하게 됐니? 지난주엔 도둑처럼 생긴 거지에게 하룻밤 묵으라고 졸랐던 애가 말이야. 네 오빠는 친구가 이렇게 우연히 찾아온 걸 하나님의 뜻이라고 생각하고 있던데."

"휴, 그게 '하나님의 뜻'이라면, 전 교리를 새로 배워야겠네요."

엘시는 툴툴거리며 말했다. 그러고는 문득 무언가 생각난 듯 눈을 반짝이더니, 재빨리 사라졌다.

"참 별나다니까."

부인은 빙그레 웃으며 중얼거렸다.

잠시 후, 엘시는 손님방 문을 '탁탁' 두드렸다. 그러고는 순식간에 어두운 복도 끝으로 몸을 숨겼다. 문이 열리며 조지가 얼굴을 내밀었다.

"오빠, 거기 있어? 정말 오빠 맞아?"

그녀가 팔을 뻗어 그를 멀찍이 밀어내며 묻자, 조지의 대답은 말이 아니라 폭풍 같은 포옹과 입맞춤이었다.

"오빠, 그만해! 살려줘!"

조지는 웃음을 터뜨리며 말했다.

"그가 어떤 기분이었는지 네가 좀 이해하라고, 그대로 보여준 것뿐이야."

"오빠, 그만 놀려! 또 이러면 방에 틀어박혀서 그 사람 떠날 때까지 절대 안 나올 거야. 농담 아니야. 그러니까 약속해, 진짜 그만하기로."

"'진짜'는 빼고!"

"안 돼, 절대 말하면 안 돼. 약속해 줘. 진심으로, 명예를 걸고 오늘 일은 누구에게도 말하지 않겠다고. 내 실수였다는 것도 포함해서."

"엘시, 그건 너무 재밌어서 못 참겠는걸." 조지가 웃으며 말했다.

"조지, 제발 말하지 마. 그러면 내 명절도, 오빠의 방문도, 전부 망쳐 버릴 거야."

엘시의 목소리가 떨렸다.

"그래, 그렇게까지 말한다면 안 할게. 어리석은 아가씨 같으니. 사실 말 안 하는 게 좋겠지. 스탠호프도 반쯤 정신이 나간 눈치더라."

"그럴 만하지. 그가 잃을 만한 제정신이 얼마나 남아 있었을지는 모르지만."

엘시가 투덜거리듯 대꾸했다.

"자, 진정해. 하지만 넌 결국 다 들키고 말 거야. 네 얼굴은 봄 하늘처럼 뭐든 드러나잖아."

조지는 그녀의 곱슬머리를 쓰다듬으며 부드럽게 웃었다.

엘시는 그 말이 틀리지 않다는 걸 인정하듯 황급히 자기 방으로 올라갔다. 저녁 종이 울리기 전, 그러니까 그 낯설고도 두려운 사람을 다시 만나기 전에, 흔들린 마음의 자취를 지워내려 애썼다.

그 사이, 아버지 앨퍼드 씨와 둘째 아들 제임스가 마을에서 돌아왔다. 조지의 친구를 따뜻하게 맞으며 그의 어색한 긴장을 조금 덜어 주었다. 그러나 스탠호프는 엘시만큼이나 두 사람이 다시 마주할 일을 두려워하고 있었다.

"조지, 그 스탠호프란 청년은 어떤 아이냐?"

부모가 조지를 따로 불러 물었다.

"같은 신학교 친구예요. 늘 조용하고 공부에만 몰두해서,

가까이 지내 보진 못했어요. 다른 신학교에서 중간에 전학 왔고요. 사람들과 어울리기보다는 책 속에 파묻혀 사는 편이에요. 그런데 신기하게도 수업 시간엔 달라요. 진리에 몰두할 때는 놀라울 만큼 또렷하게 말하죠. 가끔 교수님도 놀랄 정도로 깊은 질문을 던지기도 하고요. 평소엔 다가가기 어렵지만, 마음이 따뜻한 사람이라는 걸 몇 번 느꼈어요."

조지는 잠시 말을 멈췄다가 덧붙였다.

"오늘 우연히 그가 우리 집 문 앞에 나타난 이유를 들었어요. 그는 무척 가난해서 이번 휴일 동안 잡지를 팔며 돈을 벌 계획이었대요. 새로 나온 잡지인데, 판매 실적에 따라 보상을 주는 방식이래요. 아마 그 가난 때문에 친구들과 어울리지 못했던 것 같아요. 그래서 지금도 오늘 밤 일을 마저 하러 나가려 한답니다."

"이 폭풍우 치는 밤에? 그건 너무하잖니."

앨퍼드 부인이 놀라 외쳤다.

"그럼요, 어머니. 절대 그냥 나가게 두면 안 되죠. 하지만 조심해야 해요. 그는 지나치게 수줍고 섬세한 사람 같아요. 게다가… 아니, 아무것도 아니에요."

"걱정 마라, 곧 편하게 해 줄 테니. 관심에 질린 사람들만 상대하다가 이런 손님을 맞이하니 오히려 즐겁구나. 그런데 엘시는 좀 이해가 안 되는구나. 그 애가 그 손님을 아주 못마땅해하더라. 하는 말을 들어보면 꽤 건방진 청년이라도 되는 줄 알겠어."

조지의 눈에 장난기가 스쳤다. 하지만 그는 그저 웃으며 이렇게만 말했다.

"엘시는 기분도 생각도 시제처럼 늘 바뀌니까요. 그래도 마음만큼은 착해요. 금방 괜찮아질 거예요."

잠시 뒤, 저녁 식사가 준비되었다. 엘시는 다른 가족들 틈에 섞여 조용히 들어왔는데, 평소의 명랑한 모습은 온데간데없고, 머리카락도 곱게 빗어 내리고, 표정은 사뭇 단정하고 얌전했다. 마치 다른 사람처럼 보였다. 아버지가 귀여운 막내를 허리에 팔을 두르며 소개하려 하자, 조지가 장례식장 주례처럼 근엄한 목소리로 말했다.

"엘시와 스탠호프 씨는 이미 인사 나눈 사이예요."

그 말에 엘시는 차라리 오빠가 놀려댔으면 싶을 만큼 후회스러웠다. 이렇게 냉랭한 분위기보다는 차라리 가벼운 농담이 나았다. 그녀는 자리에 앉았지만, 감히 고개를 들어 손님을 보지 못했다. 가족들은 언제나 씩씩한 막내가 이렇게 기죽은 모습을 처음 보는 듯 놀라워했다. 조지는 둘의 어색함을 덜어주려는 듯 부드럽게 화제를 돌리며 대화를 이어갔다.

조금 시간이 지나자 엘시는 몰래 스탠호프 쪽을 힐끔거렸다. 그리고 곧 눈치 빠르게 깨달았다. 그가 자신보다 훨씬 더 긴장하고 있다는 사실을. 그 순간, 엘시는 속으로 은근히 승리감을 느꼈다.

'좋아, 기회만 오면 제대로 복수해 주겠어.'

하지만 어머니가 다정한 목소리로 물었을 때, 그의 얼굴에 스친 슬픔이 엘시의 마음을 무너뜨렸다.

"스탠호프, 댁은 어디인가요?"

"신학교에 삽니다." 그는 조용히 대답했다.

"설마 '도그마 홀'의 그 초라한 방 말하는 거야?"

조지가 반쯤 진지하게 물었다.

스탠호프의 얼굴이 붉게 달아올랐다가 곧 창백해졌다. 그는 애써 담담하게 웃으며 말했다.

"제 나이에 이 정도 외로움은 불행이라 할 수도 없죠. 다만 이렇게 따뜻한 가정의 풍경을 보고 있자니, '탐내지 말라'는 십계명 하나를 지키기가 쉽지 않습니다."

엘시는 그 말에 문득 마음이 약해지는 자신을 느끼며 그 감정을 숨기기 위해 얼굴을 굳혔다. 그러나 그 모습이 너무 어색해, 제임스가 농담을 던졌다.

"이런, 꼬마 아가씨야, 무슨 일 있니? 추수감사절에 그렇게 시무룩한 얼굴은 처음 본다. 감사할 일을 세어 보라니까."

엘시는 얼굴이 화끈 달아올랐고, 스탠호프 역시 몹시 난처한 표정을 지었다. 저녁은 그 어색한 공기 속에서 조용히 끝났고, 제임스는 속으로 이렇게 중얼거렸다.

'도대체 저 꼬마 아가씨한테 무슨 일이 있었던 거지? 세상에, 저 애가 누군가를 두려워하다니. 그런데 더 웃긴 건, 그 남자는 그보다 더 무서워하고 있잖아.'

응접실로 자리를 옮기자 어색한 공기가 조금 풀어졌다. 하지만 엘시와 스탠호프는 여전히 방의 양쪽 끝에 앉은 채 거의 말을 주고받지 않았다. 대신 앨퍼드 부인이 다정한 말투로 이야기를 이끌자, 두 사람의 얼굴에도 서서히 긴장이 풀리고 부드러운 기운이 돌기 시작했다.

다음 날 아침, 스탠호프는 더 이상 이들의 호의를 받아서는 안 되겠다고 생각했다. 무엇보다 자신의 존재가 엘시에게 불편함과 부담을 주고 있다는 사실을 느꼈기 때문이다. 그는 자신이 하룻밤 머무른 것을 이미 후회하고 있었다. 그러나 그가 떠나겠다는 뜻을 밝히자, 가족들은 단호히 만류했다.

"지금 떠나면 정말 섭섭할 거예요."

앨퍼드 부인이 단호하게 말했다. 그 말에 스탠호프는 난처해졌고, 조심스레 엘시 쪽을 바라보았다. 그의 시선을 알아챈 엘시는 그 이유를 눈치챘고, 순간 마음이 누그러져 미소를 지었다. 하지만 곧 황급히 시선을 돌렸다. 오직 조지만이 그 짧은 순간의 미묘한 변화를 알아챘다. 그는 스탠호프가 머물기로 결심한 이유를 단번에 이해했다.

하지만 엘시는 변덕스러운 마음결에 스스로 화가 났다.

'그는 나를 천방지축에 경솔한 아가씨로 볼 거야. 하지만 잘못 봤다는 걸 알게 해 줄 거야.'

그녀는 그렇게 다짐하며, 가족들도 놀랄 만큼 낯선 태연함과 품위를 보였다.

스탠호프는 그때 자리를 박차고 나가지 않은 것을 진심으로 후회했다. 그러나 이제 와서 떠난다면 오히려 변덕스러워 보일까 두려워, 다음 날 아침까지 머물기로 했다. 마음 한켠에는 자신 때문에 가족의 하루를 망쳐버린 듯한 쓸쓸한 생각이 남아 있었다.

이미 일이 이렇게 된 이상, 지금 떠나면 불필요한 설명과 더 큰 소란만 불러올 터였다. 게다가 조지가 전날 밤의 '작은 실수'는 아무에게도 말하지 말자고 미리 귀띔해 두었으니, 그도 입을 다물 수밖에 없었다.

그럼에도 그는 진심으로 그녀가 자신에게 다시 마음을 열기를 바랐다. 그녀의 사랑스러운 얼굴은 아무리 애를 써도 매정하게 보이지 않았기 때문이다. 그녀가 그에게 주었던 입맞춤의 감촉은 여전히 영혼 깊은 곳에서 아련히 남아 있었고, 그녀의 마지막 미소는 따뜻한 한 줄기 햇살처럼 느껴졌다. 하지만 그 다정하게 생긴 얼굴은 돌려져 있었다.

경건한 기도와 함께 나라의 일들이 논의된 뒤, 예배가 끝나자 모두 자리에 앉아 스탠호프 씨가 지금껏 본 적 없는 풍성한 추수감사절 만찬을 즐겼다. 결혼한 아들과 딸도 교회에서 돌아왔고, 여섯 명의 손주들이 모임을 한층 활기차게 만들었다. 평소 같았으면 엘시는 아이들과 함께 장난을 치며 웃음을 터뜨렸을 테지만, 이날만큼은 거의 침묵에 가까울 정도로 조용했다.

아이들은 언제나 자기들과 함께 뛰놀던 엘시가 달라진 것을 이상하게 여겼지만, 맛있는 음식과 들뜬 분위기에 곧 그 사실을 잊어버렸다. 하지만 엘시는 자신이 평소와 다르게 굴고 있다는 걸 모두가 눈치챘음을 느꼈다. 그 생각이 그녀를 더욱 불편하고 짜증 나게 했다. 그녀는 설명할 수도 없고, 빠져나올 수도 없는 답답한 상태에 갇혀 있었다.

'처음에 그냥 웃어넘겼더라면…. 시간이 갈수록 점점 더

우스꽝스럽고 불쾌해지는구나.'

그녀는 속으로 한숨을 내쉬었다.

"엘시야, 얼마 전엔 네가 므두셀라 할머니 나이가 되어서야 진지해질 거라 했는데, 오늘은 그분보다도 더 점잖구나. 무슨 일 있니?"

아버지가 농담조로 물었다.

"설교 말씀을 생각하고 있었어요."

엘시의 말에 가족들이 놀란 듯 눈썹을 치켜올렸고, 조지가 장난스럽게 끼어들었다.

"그럼 본문이 뭐였는지 말해봐."

엘시는 얼굴이 확 달아올랐다. 그녀는 조지를 노려보며 나직이 말했다.

"난 본문이 어땠다고 말하지 않았어."

"그럼 설교 내용이라도 말해보지 그래?" 제임스가 웃으며 말했다.

"싫어. 대신 내가 한 구절 인용해 줄게. '먹고, 마시고, 즐거워하라.' 그리고 날 좀 내버려둬라."

가족들은 이유는 몰라도 그녀가 놀림을 견디지 못한다는 걸 깨달았다. 그리고 그런 농담이 스탠호프 씨에게도 불편함을 준다는 것을 눈치챘다. 그때 조지가 재치 있게 분위기를 돌려놓았고, 곧 식탁은 웃음으로 가득 찼다. 엘시의 얼굴에도 다시 온기가 돌기 시작했고, 스탠호프 역시 몇 마디 기지 넘치는 농담을 건네며 어색함을 잊었다. 그의 말 한마디 한마디에 엘시는 눈을 크게 뜨며 놀라움과 흥미를 감추지 못했다.

결국 커피를 마시고 자리를 정리할 무렵, 엘시는 마음속으로 뜻밖의 결론에 이르렀다.

'아니, 그가 그렇게 어리석고 볼품없는 사람은 아니잖아.'

조지는 둘 사이의 어색한 공기를 깨야겠다고 생각하며, 젊은 사람들끼리 개울을 따라 올라가 폭포를 보러 가자고 제안했다. 하지만 엘시는 일부러 시누이와 조카를 양옆에 세워 두었고, 스탠호프는 지나치게 신중한 탓에 그녀가 먼저 다가오지 않는 한 곁에 설 용기를 내지 못했다. 조지는 그런 두 사람의 모습을 보고 거의 절망적인 심정이었다.

그 사이 엘시는 걸음을 옮기며, 자신도 모르게 그에 대한 좋은 인상을 마음속에 새기고 있었다. 그녀는 이런 어처구니없는 어색함이 생긴 걸 진심으로 후회했지만, 여럿이 있는 자리에서 먼저 그 분위기를 풀 용기가 나지 않았다.

돌아오는 길, 일행은 작은 절벽 위에 서서 좁은 골짜기를 따라 흰 거품을 내며 부서지는 물살을 내려다보았다.

"아, 저기 봐요! 저 이끼 정말 예쁘다! 내가 찾던 게 딱 저 건데, 다리가 없으니 한참을 돌아가야겠네."

엘시가 맞은편 강둑을 가리키며 외쳤다.

스탠호프는 주위를 잠시 둘러보더니 정중하게 말했다.

"그럼 제가 가져다드리죠, 앨퍼드 양."

그는 정말로 이곳에서 강을 건널 작정이었다. 그러나 그 골짜기는 아무리 건장한 남자라도 단숨에 뛰어넘기에는 너무 넓었다.

"안 돼요, 위험해요!"

엘시가 다급히 외쳤고, 조지도 나섰다.

"이봐, 스탠호프. 네가 물에 빠지기라도 하면 그건 농담거리로 끝날 일이 아니야."

하지만 스탠호프는 태연히 미소를 지으며 외투를 벗고 셔츠 소매를 단단히 여몄다. 조지는 속으로 탄식했다.

'이건 어제의 입맞춤 소동보다 훨씬 큰일이 되겠는걸.'

그가 막 붙잡으려는 순간, 스탠호프는 잽싸게 몸을 빼더니 절벽의 가느다란 나무를 붙잡고 손으로 기어오르기 시작했다. 모두가 숨을 죽이고 바라보는 가운데, 나무는 그의 체중에 휘어졌지만 부러지지는 않았다. 강하고 질긴 나무였다. 그는 꼭대기를 단단히 잡은 채 힘껏 몸을 튕겼고, 휘어진 나무의 탄력에 더해진 반동이 그를 넉넉히 골짜기 건너편의 단단한 땅으로 날려 보냈다.

순간, 반대편에서는 환호성이 터졌다. 엘시도 두 손을 모아 손뼉을 치며 기뻐했다. 그녀의 눈은 흥분과 감탄으로 반짝였다. 언제나 그렇듯, 용기와 힘은 여자의 마음을 끄는 법이었다. 그러나 곧 걱정이 엄습했고, 방금 전의 냉담함도 잊은 채 외쳤다.

"그런데… 이제 어떻게 돌아오시려는 거예요?"

스탠호프는 어린나무에 몸을 기대어 환하게 웃으며 대답했다.

"이게 바로 제 다리입니다. 보시다시피 저는 시골에서 자랐거든요."

그는 손수건 하나를 꺼내 어린나무의 뿌리에 단단히 묶어 고정한 뒤, 다른 손수건으로는 이끼를 정성스럽게 담았다. 조지는 그 모습을 바라보다가 엘시의 표정을 보고는 속으로 피식 웃었다.

'됐어. 이제 둘 사이의 얼음은 녹았어.'

그러나 스탠호프가 묶은 매듭은 생각만큼 단단하지 않았다. 매듭에 걸린 힘이 너무 컸던 것이다. 순간, 어린나무가 '휙' 하고 튕겨 올라가더니 다시 꼿꼿이 서서 미세하게 떨었다. 그 꼭대기에는 스탠호프의 손수건이 나부끼며, 마치 그의 패배를 알리는 깃발처럼 펄럭였다.

사람들의 탄성이 터져 나왔고, 엘시는 이번엔 진심으로 걱정스러운 목소리로 물었다.

"이제 어떻게 돌아오시려는 거예요?"

스탠호프는 어깨를 으쓱하며 미소를 지었다.

"솔직히 말하자면 이번엔 제가 졌습니다. 이쪽엔 비슷한 나무도 없으니, 어쩔 수 없이 아래쪽 다리까지 가서 돌아올 수밖에요. 그래도 이끼는 손에 넣었잖아요."

"조지! 스탠호프 씨의 손수건을 저 나무에 그냥 두고 가면 어떡해?"

엘시는 못마땅한 듯 목소리를 높였다.

"아이고, 그건 안 되지. 난 호박도 못 올라간다니까. 그러니 네가 그와 함께 올라가서 찾든지, 아니면 그 손수건을 그의 용기를 기념하는 깃발로 남겨 두든지 해라."

조지가 장난스럽게 외치며 앞장서 내려갔다.

'어떻게든 두 사람을 단둘이 있게 해주면, 지금의 어색하고 불편한 기류는 금세 사라질 거야.'

조지는 속으로 그렇게 생각하며 발걸음을 재촉했다.

나머지 가족들도 그의 뒤를 따랐다. 반면, 반대편 둑의 스탠호프는 길 하나 없는 산비탈을 헤치며 힘겹게 걸어야 했다. 그의 걸음은 당연히 느릴 수밖에 없었다. 엘시는 자신이 속도를 늦추지 않으면 그가 멀리 뒤처질 것을 알았다. 예의상 그럴 수는 없었다. 결국 그녀는 혼자 남게 되었고, 한 손엔 그의 외투를 들고 강둑을 따라 걸었다. 스탠호프는 맞은편 둑에서 그녀의 걸음에 맞추어 천천히 나아갔다.

거센 물소리가 두 사람 사이의 어색함을 덮어 주는 듯했다. 불편한 대화를 나눌 필요가 없으니 오히려 다행이라 느껴졌다. 그러나 이내 그녀의 마음속에 연민이 일었다. 그가 바위와 덤불을 헤치며 힘겹게 걸어가는 모습을 보자, 그녀는 말 대신 여러 번 미소로 격려를 보냈다. 그러다 보니 더 이상 예전의 차가운 태도로 돌아가기는 어려워졌다.

스탠호프는 덤불 사이의 작은 공터에 다다랐다. 비탈진 땅이 개울 쪽으로 나 있었고, 그 가운데엔 큰 바위가 있어 물살을 둘로 갈랐다. 그는 이 기회를 무척 반가워했다. 다른 이들과 합류하기 전, 엘시에게 꼭 전하고 싶은 말이 있었기 때문이다. 그는 갑자기 물가에서 멀어져 숲속의 빈터로 걸어 나갔다. 엘시는 그를 보고 속으로 생각했다.

'저런, 말 한마디 없이 나를 내버려두고 가다니, 무례해.'

하지만 이내 그녀는 놀라움에 숨이 멎었다. 그가 몸을 날려 폭포 같은 물살을 향해 화살처럼 달려갔다. 그러더니 길게 뛰어올라 바위 위에 가뿐히 올라섰다. 곧바로 그 반동을 타고 그녀가 서 있는 둑으로 뛰었다. 발은 땅을 딛었지만 중심을 잃고 뒤로 넘어질 뻔한 순간, 엘시가 재빨리 손을 내밀어 그를 붙잡았다.

"당신이 나를 구했군요."

그는 그녀의 작은 손을 부드럽게 잡으며 따뜻한 눈빛으로 말했다.

"아, 부디 더 이상 무모한 짓은 하지 마세요. 이제는 제 소원을 감히 입 밖에 낼 수도 없겠어요."

엘시는 숨을 고르며 말했다.

"그 말씀은 슬프게 들리네요."

스탠호프가 조용히 대답했다. 그리고 잠시 어색한 침묵이 흘렀다.

엘시는 그 침묵을 깨기 위해, 문득 떠오른 생각을 입 밖으로 꺼냈다. 저편 나무에 걸린 손수건이 떠올랐던 것이다.

"손수건은 그대로 둬야겠죠?"

"제가 가서 가져올 때까지 기다려 주시겠어요?"

그가 물었다.

"제가 함께 가도 될까요?"

그녀가 조심스레 말했다.

"그럴 수는 없습니다. 당신께 그런 수고를 끼칠 수야 없지요."

"제 작은 소원을 위해 목숨을 걸다시피 하셨잖아요."

그녀는 자신도 모르게 다정한 말투로 말했다.

"그렇게 생각하지 말아 주세요. 시골에서는 이런 일쯤은 흔하답니다."

고향을 떠올리는 그의 얼굴에 잠시 그늘이 드리워졌고, 짧은 한숨이 그 말끝에 얹혔다. 엘시는 그를 애잔한 눈길로 바라보았다.

두 사람은 잠시 말없이 걸었다. 바람에 나뭇잎 부딪히는 소리만이 그들의 발걸음을 따라 흘렀다. 그러다 스탠호프가 머뭇거리며 말을 꺼냈다.

"앨퍼드 양, 어젯밤 일 이후에도 이곳에 머문 건 제 잘못이었습니다. 하지만 너무도 따뜻하게 저를 붙잡는 말씀에 도무지 거절할 수가 없었죠. 그렇다고 지금 당장 떠난다면 오히려 더 큰 오해를 살 것 같았어요. 무엇보다, 이렇게 다정한 환대를 받아본 게 정말 오랜만이라서요. 어머니가 돌아가신 뒤로 저는 늘 혼자였습니다. 그래서 당신과 가족분들께 진심으로 감사드립니다. 그런데도 한편으로는, 당신의 휴일을 망쳐버린 불청객이 된 제 자신이 부끄럽습니다."

엘시는 그 말을 듣자 가슴이 저렸다. 그녀는 걸음을 멈추고, 모든 걸 솔직히 말하기로 마음먹었다.

"스탠호프 씨, 제 부탁 하나 들어주시겠어요? 그게 제 사과의 표시가 될 거예요. 내년 추수감사절에도 우리 집에 와 주세요. 그땐 처음부터 끝까지, 제 실수를 만회할 기회를 주세요."

그의 얼굴에 환한 미소가 번졌다.

"진심으로 원하신다면, 기꺼이 그러겠습니다."

"정말이에요. 저를… 도대체 어떻게 생각하셨을까요."

엘시의 눈에는 후회의 눈물이 고였고, 그는 다정한 시선으로 그녀를 바라보았다. 잠시 후, 그녀는 조용하고 순수한 목소리로 덧붙였다.

"집에서도 저를 '꼬마 아가씨'라고 부르잖아요. 사실 아직 어리기는 하지만…. 그런데 이번에는 정말 어리석고 버릇없는 아이처럼 굴었어요. 손님에게 무례했고, 친절하지도 않았죠. 도무지 제 자신이 용납되지 않아요. 그래서 다시 한번 기회를 얻고 싶어요. 저는…."

"앨퍼드 양, 제발 그렇게 자신을 탓하지 마세요."

스탠호프가 다급히 말을 막았다.

"아, 정말 어젯밤 일을 생각하면 너무 속상해요. 우리 모두 즐겁게 지낼 수도 있었잖아요."

엘시는 한숨 섞인 목소리로 말했다.

"그렇다면 저도 속상해야겠군요."

"그 말은 당신은 속상하지 않단 말인가요?"

그녀가 갑자기 그를 똑바로 바라보며 물었다.

"아, 물론 당신을 생각하면 속상합니다."

그는 얼굴을 붉히며 대답했다.

"하지만 당신 자신은 속상하지 않단 말이죠?"

엘시는 아이처럼 순진한 눈으로 물었다.

"정말이지 앨퍼드 양, 당신은 교리문답보다 더 어려운 분이에요."

그는 웃으며 고개를 저었다.

그녀는 반쯤 웃음이 섞이고 반쯤은 놀란 표정으로 그를 바라보았다. 그 순간, 엘시는 처음으로 그 우연한 입맞춤이 그에게도 완전히 불쾌한 경험만은 아니었을지도 모른다는 생각이 스쳤다. 그 생각은 이상하게도 그녀를 안심시켰다.

"저를 최악의 말괄량이라고 생각하실 줄 알았어요."

"당신이 오빠에게 하려던 입맞춤을 제가 대신 받은 것뿐이잖아요. 저는 단 한 순간도 그게 당신의 잘못이라 생각하지 않았어요. 오히려 제가 오빠가 아니었던 게 불운이었죠."

"그건 제 실수였어요. 하지만…."

엘시는 웃으며 손가락으로 맞은편을 가리켰다.

"저기 좀 보세요. 당신 손수건이 깃발처럼 펄럭이고 있네요. 그러니 지난 일은 이제 잊기로 해요. 내년에 다시 오셔서, 그땐 제가 친구의 여동생답게 당신을 맞이할 기회를 주세요."

"그런 거라면 기꺼이 따르겠습니다." 스탠호프는 얼굴을 붉히며 덧붙였다. "만약 이것이 벌이라면, 당신의 상은 얼마나 달콤할까요."

그들은 그 뒤로 더 이상 그 이야기를 꺼내지 않았다. 대신 무거웠던 공기가 풀린 듯, 집에 도착할 때까지 한결 부드럽고 자유롭게 이야기를 나누었다.

저녁 무렵, 집에 닿았을 때 조지는 멀리서도 단번에 알아차렸다. 두 사람 사이에 그토록 짙게 드리워졌던 구름이 이제 완전히 걷혀 있음을.

엘시는 이제 예전처럼 천방지축의 꼬마 아가씨가 아니었다. 저녁 식탁에서 그녀는 가족들이 놀랄 만큼 단정하고 우아한 젊은 숙녀로 변해 있었다. 그녀는 스탠호프가 떠나기 전까지 그에게 존경받는 사람으로 남겠다고 결심했고, 그

다짐은 그대로 이루어졌다.

밤이 되어 음악이 흐를 때, 스탠호프는 훌륭한 테너로 모두를 감동시켰고, 엘시는 새처럼 맑은 목소리로 그에게 화답했다. 시간은 그렇게 흘러갔다.

"꼬마 아가씨, 그 '끔찍한 남자'가 좀 다르게 보이는구나?"

조지가 그녀의 이마에 입맞춤하며 말했다.

"끔찍한 건 나였어. 정말 어리석었지. 하지만 그가 약속했어. 내년에 다시 와서 내가 더 잘할 기회를 주겠다고. 그러니까, 오빠, 꼭 그분을 다시 데려와야 해."

조지는 휘파람을 길게 불더니 의미심장한 미소를 지었다.

"이야, 이제 좀 아는구나. 천진난만한 꼬마 아가씨, 혹시 내년에도 어스름 속에서 입맞춤이 오가는 건 아니겠지?"

"말도 안 돼!"

엘시는 얼굴이 새빨개져 문을 쾅 닫아버렸다.

다음 날 아침, 스탠호프는 떠났다. 엘시는 마지막으로 말했다.

"스탠호프 씨, 약속 잊지 마세요."

그는 그 말보다 더 많은 것을 마음에 새겼다. 이번의 짧은 방문은 그의 가슴속 깊은 곳에 한 소녀의 밝고 순수한 얼굴을 영원히 새겨 놓았다. 그는 더 이상 외롭지 않았다. 조지와는 가장 가까운 친구가 되었고, 엘시와는 편지를 주고받았다. 그가 신문에 글을 쓰기 시작하자 엘시는 꼭 보내 달라 했고, 그는 그녀가 읽을 거라 생각하며 더욱 열심히, 더 진심을 담아 글을 썼다.

그렇게 서로 떨어져 있으면서도 그들은 점점 가까워졌다.

다음 해, 추수감사절 전날 저녁. 스탠호프는 벅찬 마음으로 조지와 함께 마을 길을 걸었다. 문 앞에는 엘시가 서 있었다. 그는 장난스레 말했다.

"이번엔 지난해 같은 환영은 없네요."

물론, 작년의 해프닝은 이제 가족들의 유쾌한 농담거리가 되어 있었다.

그해 추수감사절은 더없이 완벽했다. 저녁 식사 뒤, 모두 함께 개울가로 산책을 나섰다.

스탠호프와 엘시는 작년처럼 걸었지만, 이번에는 한결 자연스럽고, 조금은 더 성숙한 마음으로 무리에서 살짝 떨어져 나란히 걸었다.

"저기 보세요! 작년에 우리가 깃발을 달아 두었던 그 어린 나무예요."

엘시가 손가락으로 가리키며 외쳤다.

스탠호프는 그녀의 손을 잡고 뜨겁게 말했다.

"이제 그 깃발을 거두고, 그때 못다 한 말을 다시 할게요. 엘시, 그날의 입맞춤을 전 잊은 적이 없습니다. 그 일로 당신을 알게 되었고, 사랑하게 되었어요. 그날 이후 제 모든 날이 추수감사절이었습니다. 만약 당신이 제 마음을 받아준다면, 사랑의 증표로 또 한 번의 입맞춤을 허락해 주신다면, 저는 영원히 추수감사절 속에서 살 수 있을 거예요."

그녀의 손이 그의 손안에서 살짝 떨렸지만, 빠져나오지는 않았다. 붉어진 얼굴은 개울의 흰 물거품을 바라보고 있었으나, 그녀의 귀에는 오직 더 달콤한 음악만이 들렸다. 그녀는 마침내 수줍게 눈을 들어 그를 바라보며 말했다.

"그럼 이번 추수감사절엔… 작년 일의 빚을 갚아야겠네요. 이번엔 당신이 저에게 입맞춤을 해주세요."

스탠호프에게 그 이상 말은 필요 없었다.

그날 저녁, 앨퍼드 씨는 웃으며 말했다.

"스탠호프, 지난번엔 우리 집 꼬마 아가씨를 어른으로 만들더니, 이번엔 내 늙은 딸까지 데려가려는군요."

"여보, 이제야 당신도 제 아버지의 마음을 알겠죠?"

앨퍼드 부인은 눈가를 훔치며 말했다.

"이런, 당신이 거기 있었군요. 스탠호프, 더 할 말이…."

앨퍼드 씨는 그녀를 돌아보며 웃었다.

"이봐, 조지. 우리 장난꾸러기 엘시가 목사의 아내가 된다니, 믿어지냐?"

제임스가 큰 소리로 웃었다.

***

다시 추수감사절 전야였다.

나무는 앙상했고, 들판은 갈색으로 메말라 있었으며, 낙엽은 바람에 흩날리고 있었다. 그러나 삼 년 전, 그날 저녁 한 소녀의 입술이 우연히 불붙인 성스러운 불길은 여전히 꺼지지 않았다. 아니, 오히려 더욱 찬란히 타올라 6월의 햇살보다 더 따스한 빛으로 집 안 응접실을 가득 채우고 있었다.

그곳에서 엘시는 눈부신 신부로 서 있었고, 스탠호프는 그 첫 입맞춤을 다시금 그녀의 입술 위에 얹고 있었다.

사흘간의 폭풍

The Three-Day Blow

어니스트 헤밍웨이(Ernest Hemingway, 1899~1961)

미국 일리노이주 오크파크 출신. 20세기 사실주의 문학을 대표하는 작가다. 《태양은 다시 떠오른다》, 《무기여 잘 있거라》에서 전쟁과 상실, 인간의 존엄을 간결하고 절제된 문체로 그려냈으며, 《노인과 바다》를 통해 인간의 투쟁과 생의 의지를 상징적으로 표현했다. 짧고 간결한 문장으로 숨은 감정을 드러내는 그의 문체는 이후 작가들에게 큰 영향을 미쳤다.

一

 비가 그치자 닉은 과수원을 지나 언덕으로 이어지는 길에 들어섰다. 가을바람이 수확을 마친 나뭇가지 사이로 불어왔다. 그는 잠시 걸음을 멈추고, 길가의 갈색 풀 위에 떨어진 채로 빗물에 젖어 반짝이는 와그너 사과 하나를 주워 들었다. 닉은 그 사과를 두꺼운 모직 코트 주머니 속에 넣었다.
 길은 과수원을 벗어나 언덕 꼭대기로 이어졌다. 그곳에는 오두막이 있었고, 현관은 비어 있었으며, 굴뚝에서는 연기가 피어오르고 있었다. 뒤쪽에는 차고와 닭장이 자리했고, 숲과 맞닿은 곳에는 어린나무들이 울타리처럼 자라고 있었다. 닉이 바라보는 동안 큰 나무들이 바람에 깊게 흔들렸다. 가을 폭풍이 막 시작되고 있었다.
 닉이 과수원 위쪽의 빈 들판을 가로지르자 오두막 문이 열리더니 빌이 나왔다. 그는 현관에 서서 바깥을 바라보고 있었다.
 "오, 웨미지." 그가 말했다.
 "안녕, 빌." 닉이 대답하며 계단에 올라섰다.
 닉은 오두막 안으로 들어갔다. 벽난로에는 불이 크게 활활 타고 있었는데, 문이 열리자 바람이 불길을 몰아붙이며 소리를 냈다. 빌이 문을 닫았다.

"한잔할래?"

빌이 이렇게 말하며 부엌으로 가 유리잔 두 개와 물 주전자를 들고 왔다. 닉은 벽난로 위 선반에 놓인 위스키병을 집어 들며 말했다.

"좋지?"

"훌륭해." 빌이 대답했다.

그들은 벽난로 앞에 앉아 아일랜드 위스키에 물을 타서 마셨다.

"향이 진하게 나네." 닉이 잔을 들여다보며 말했다.

"그건 피트* 때문이지." 빌이 말했다.

"피트를 술에 넣는 건 아니잖아." 닉이 말했다.

"그건 아니지만." 빌이 말했다.

"넌 피트를 본 적 있어?" 닉이 물었다.

"없어." 빌이 대답했다.

"나도 없어." 닉이 말했다.

닉이 벽난로 앞으로 다리를 길게 뻗고 있자니, 닉의 신발

---

* **피트** 습지의 식물이 썩지 않고 쌓여 생긴 갈색 흙으로, 위스키의 보리를 말릴 때 연료로 쓰인다. 타면서 생긴 연기가 독특한 스모키 향을 낸다.

이 불길에 데워지며 김이 나기 시작했다.

"신발 벗는 게 낫겠다." 빌이 말했다.

"양말을 안 신었어."

"그럼 벗어서 말려. 내가 양말 가져올게."

빌은 다락으로 올라갔다. 닉은 위에서 나는 발걸음 소리를 들을 수 있었다. 다락은 지붕 밑 트인 곳에 있어, 빌과 아버지, 그리고 닉이 가끔 함께 자곤 했다. 뒤쪽에는 탈의실이 있었고, 침대들은 비를 피하려고 옮겨 놓은 뒤 고무판으로 덮어두었다.

빌이 두툼한 양모 양말을 들고 내려오면서 말했다.

"이젠 양말 없이 다니기엔 너무 춥다."

"이걸 다시 신기는 싫은데." 닉이 말했다.

그는 양말을 신더니 의자에 몸을 기대며 벽난로 앞 가림막 위로 발을 올렸다.

"그거 찌그러뜨리겠다." 빌이 말했다.

닉은 발을 옆으로 내려놓았다.

"읽을 거 뭐 있어?"

"신문뿐이야."

"카즈*는 어땠어?"

---

* **카즈** 메이저리그 야구팀인 세인트루이스 카디널스의 줄임말.

"자이언츠한테 더블헤더 두 경기 다 졌어."

"그럼 거의 결정이네."

"공짜로 가져가는 거지. 맥그로가 리그의 좋은 선수들을 전부 사 버리니까 이길 수밖에." 빌이 말했다.

"전부 살 수는 없잖아." 닉이 말했다.

"자기가 원하는 선수들은 다 사. 아니면 불만을 품게 만들어서 트레이드되게 하지."

"하이니 짐처럼." 닉이 맞장구쳤다.

"그 멍청이가 무슨 도움이 되겠어." 빌이 일어서며 말했다.

"그래도 타격은 괜찮잖아." 닉이 말했다. 난로 불길의 열기가 다리에 퍼지고 있었다.

"수비도 깔끔하지. 하지만 경기 망치는 버릇이 있어."

"그게 맥그로가 그를 데려온 이유일지도 모르지."

"그럴지도."

"우리가 아는 것보다 더 복잡한 일이지."

"물론. 그래도 이렇게 멀리 있으면서도 꽤 잘 알고 있잖아."

"마치 말도 안 보고 더 잘 맞히는 사람처럼."

"그거지."

빌이 위스키병을 집어 들었다. 커다란 손이 병을 완전히 감쌌다. 그는 닉이 내민 잔에 위스키를 따랐다.

"물은 얼마나?"

"똑같이."

빌은 닉의 의자 옆 바닥에 앉았다.

"가을 폭풍이 올 때 좋지 않냐?" 닉이 말했다.

"최고지."

"가을이 최고의 계절이야." 닉이 말했다.

"도시에 있었다면 끔찍했을 거야." 빌이 말했다.

"그래도 월드시리즈는 보고 싶네." 닉이 말했다.

"이젠 늘 뉴욕이나 필라델피아에서만 하잖아. 우리랑은 상관없지." 빌이 말했다.

"카디널스가 언젠가 우승할 수 있을까?"

"우리 살아 있는 동안은 못 할걸." 빌이 말했다.

"그럼 난리가 날 텐데." 닉이 말했다.

"그때, 한참 기세 오르다 열차 사고 난 거 기억나?"

"야!" 닉이 외치며 그때를 떠올렸다.

빌은 창가 아래 탁자에 엎어 두었던 책을 집어 들었다. 한 손에는 술잔을, 다른 한 손에는 책을 쥔 채 닉의 의자에 몸을 기대며 말했다.

"뭐 읽고 있어?"

"리처드 피버렐*."

"난 도무지 몰입이 안 되더라." 닉이 말했다.

"괜찮던데, 그렇게 어려운 책은 아니야, 웨미지."

"네가 읽은 책 중 내가 안 읽은 거 또 있나?" 닉이 물었다.

"《숲의 연인들The Forest Lovers》 읽었어?"

"응. 밤마다 칼을 맨몸 사이에 두고 자는 얘기잖아."

"좋은 책이지, 웨미지."

"끝내주지. 그런데 도무지 이해 안 되는 건, 그 칼이 무슨 소용이 있냐는 거야. 항상 날을 위로 세워놔야 할 텐데, 만약 옆으로 쓰러지면 그냥 굴러 넘어가도 아무 일 없을 거 아냐."

"그건 상징이지." 빌이 말했다.

"알지. 그치만 현실적이지 않잖아." 닉이 말했다.

"《포르티튜드Fortitude》는?"

"읽었지! 그건 진짜 좋은 책이지. 아버지가 평생 아들을

---

* **피버렐** 조지 메러디스(1828~1909)의 소설 《리처드 피버렐의 시련(The Ordeal of Richard Feverel)》의 주인공으로, 아버지의 엄격한 통제 속에서 인간의 욕망과 갈등하며 사랑과 자유를 찾아가는 인물이다.

찾아다니는 얘기잖아. 월폴*의 다른 책도 있어?"

"《어두운 숲The Dark Forest》 있어. 러시아 얘기야."

"그가 러시아에 대해 뭘 안다고?" 닉이 물었다.

"모르지 뭐. 어쩌면 어릴 때 러시아에 갔을지도 모르지. 자료는 엄청 갖고 있더라."

"한번 만나 보고 싶다." 닉이 말했다.

"난 체스터턴**을 만나 보고 싶어." 빌이 말했다.

"지금 여기 있다면, 내일 부아로 낚시 가면 딱일 텐데."

"그가 낚시를 좋아할까?" 빌이 말했다.

"당연하지. 그 사람 정말 멋진 사람이잖아. 〈플라잉 인The Flying Inn〉 기억나?" 닉이 말했다.

만약 하늘에서 천사가 내려와

다른 술을 내민다면

그 친절에는 고맙다 말하고,

그 술은 개수대에 부어 버려라.

---

* **월폴** 휴 월폴(Hugh Walpole, 1884~1941)은 영국의 소설가로 심리적 리얼리즘과 인간의 인내를 주제로 한 작품으로 잘 알려져 있다. 대표작은 성장소설 《포르티튜드Fortitude》(1913)와 역사소설 〈헤리스 가 4부작〉이 있다.

** **체스터턴** G. K. 체스터턴(G. K. Chesterton, 1874~1936)은 영국의 작가이자 평론가로, 재치 있는 문체와 풍자 정신으로 유명하다. 〈브라운 신부〉 시리즈와 철학적 에세이로 널리 알려져 있다.

사흘간의 폭풍

"맞아. 그래도 월폴보단 훨씬 괜찮은 사람이겠지." 닉이 말했다.

"그렇지, 훨씬 낫지. 하지만 글은 월폴이 더 잘 써." 빌이 말했다.

"글쎄. 체스터턴은 고전이잖아." 닉이 말했다.

"월폴도 고전이야." 빌이 끝까지 고집스럽게 말했다.

"둘 다 여기 있었으면 좋겠네. 내일 둘 다 데리고 부아로 낚시 가는 건데." 닉이 말했다.

"술이나 마시자." 빌이 말했다.

"좋아." 닉이 동의했다.

"우리 아버지는 상관 안 하실 거야." 빌이 말했다.

"정말?" 닉이 물었다.

"응, 틀림없어." 빌이 말했다.

"난 벌써 조금 취한 것 같아." 닉이 말했다.

"안 취했어." 빌이 말했다.

빌이 일어나 위스키병을 집자 닉이 잔을 내밀었다. 그는 빌이 따르는 술잔을 뚫어져라 쳐다보았다. 잔에 위스키가 반쯤 찼다.

"물은 네가 알아서 부어. 한 잔쯤 남았어." 빌이 말했다.

"더 없어?" 닉이 물었다.

"있긴 한데, 아버지가 뚜껑 따 둔 것만 마시라고 해서."

"그렇군." 닉이 말했다.

"아버지 말씀이, 술병을 새로 따는 사람은 주정뱅이가 된다고." 빌이 설명했다.

"맞는 말씀이네." 닉이 감탄하며 말했다. 그런 생각을 해 본 적이 없었다. 혼자 술 마시는 버릇이 주정뱅이를 만든다고만 생각했었다.

"아버지는 건강하시지?" 닉이 정중하게 물었다.

"괜찮으셔. 가끔 흥분하시긴 하지만." 빌이 말했다.

"니네 아버지는 멋진 분이시지." 닉이 술잔에 물을 따라 부었다. 물은 천천히 위스키와 섞였다. 위스키가 물보다 많았다.

"그래. 멋진 분이지." 빌이 말했다.

"우리 아버지도." 닉이 말했다.

"당연히 멋진 분이시지." 빌이 말했다.

"우리 아버지는 평생 술을 한 번도 입에 댄 적 없다고 주장하시거든." 닉이 마치 과학적 사실을 발표하듯 말했다.

"그럴지도. 의사시잖아, 우리 아버지는 화가고. 두 분은 다르지."

"많은 걸 놓치셨네." 닉이 슬프게 말했다.

"그렇게 말할 수만은 없지. 모든 건 보상이라는 게 있으니까." 빌이 말했다.

"아버지도 스스로 많은 걸 놓쳤다고 늘 말씀하시지." 닉이 고백했다.

"우리 아버지도 힘겨운 세월을 보내셨지." 빌이 말했다.

"그 점에선 모두 공평한 거야." 닉이 말했다.

그들은 벽난로의 불길을 바라보며 이 심오한 진리를 곱씹었다.

"뒤쪽 현관에 있는 장작 가져올게." 닉이 말했다.

닉은 불이 점점 꺼져가는 걸 보고, 아직 멀쩡하다는 걸 보여주고 싶었다. 아버지는 평생 술을 입에 대지 않았지만, 적어도 빌보다 먼저 취하지는 않을 거라고 생각했다.

"큰 너도밤나무 장작 좀 가져와." 빌이 말했다. 그 역시 일부러 멀쩡해 보이려 하고 있었다.

닉은 장작을 들고 부엌을 지나다가 그만 탁자 위에 있던 냄비를 툭 건드려 떨어뜨렸다. 냄비 안에는 물에 불려 둔 말린 살구가 들어 있었다. 닉은 바닥에 흩어진 살구를 하나하나 조심스럽게 주워 담았다. 몇 개는 아궁이 밑으로 굴러갔지만, 그것도 끝까지 찾아서 담았다. 그리고 옆에 있던 양동이에서 물을 떠서 살구 위에 다시 부었다. 닉은 뿌듯했다.

아주 제대로 일을 해냈다고 생각했다.

닉이 장작을 들고 들어오자, 빌이 자리에서 일어나 함께 장작을 불 위에 올려놓았다.

"끝내주는 장작이네." 닉이 말했다.

"이건 험한 날씨를 대비해서 아껴둔 거야. 이런 건 밤새도록 탈 걸." 빌이 말했다.

"아침이면 숯불이 남아서 다시 불 붙이기 좋겠네." 닉이 말했다.

"그렇지." 빌이 고개를 끄덕였다. 그들은 마치 대단히 수준 높은 얘기를 하는 사람들처럼 굴고 있었다.

"한 잔 더 하자." 닉이 말했다.

"벽장에 뚜껑을 딴 다른 병이 있을 거야." 빌이 구석의 벽장 앞으로 가 무릎을 꿇고 네모난 술병을 꺼냈다. "스카치네."

"난 물 좀 더 떠 올게." 닉이 말했다.

닉은 다시 부엌으로 나갔다. 양동이에서 차가운 샘물을 국자로 떠 주전자를 채웠다. 거실로 돌아오는 길에 식당의 거울 앞을 지나며 자신을 들여다보았다. 얼굴이 낯설게 느껴졌다. 그는 거울 속 얼굴에 미소를 지었고, 얼굴도 따라 웃었다. 닉은 윙크를 한 뒤 그대로 지나갔다. 그 얼굴이 자기 얼굴 같지는 않았지만, 상관없었다.

빌은 이미 술을 따라 두었다.

"꽤 많이 따랐네." 닉이 말했다.

"우리한테 이 정도쯤은 아무것도 아니지." 빌이 말했다.

"뭘 위해 건배할까?" 닉이 잔을 들며 물었다.

"낚시를 위해." 빌이 말했다.

"좋아. 신사 여러분, 낚시를 위해!" 닉이 외쳤다.

"세상의 모든 낚시, 모든 낚시터를 위해!" 빌이 덧붙였다.

"낚시, 그게 우리가 마시는 이유지." 닉이 말했다.

"야구보다 훨씬 낫지." 빌이 말했다.

"비교가 안 되지. 우리가 어쩌다 야구 얘기를 하게 된 거지?" 닉이 물었다.

"실수였어. 야구는 촌뜨기들이나 하는 게임이잖아." 빌이 말했다.

그들은 잔을 비웠다.

"닉, 이번엔 체스터턴에게 건배하자."

"월폴도 같이." 닉이 말했다.

닉이 술을 따르고, 빌이 물을 섞었다. 두 사람은 서로를 바라보았다. 기분이 아주 좋았다.

"신사 여러분, 체스터턴과 월폴을 위하여!" 빌이 외쳤다.

"신사 여러분, 건배." 닉이 말했다.

그들은 마셨다. 빌이 다시 잔을 채웠고, 두 사람은 불 앞의 큰 의자에 몸을 기대었다.

"네가 현명했어, 웨미지." 빌이 말했다.

"무슨 말이야?" 닉이 물었다.

"마지랑 관계 끊은 거 말이야." 빌이 말했다.

"나도 그렇게 생각해." 닉이 대답했다.

"그게 유일한 선택이었어. 안 그랬으면 지금쯤 넌 결혼 준비하느라 집에 돌아가서 돈이나 벌고 있었겠지."

닉은 아무 말도 하지 않았다.

"남자는 결혼하면 완전히 끝이야. 얻는 게 하나도 없어, 아무것도. 빌어먹을 것도 없어, 그냥 끝이지. 결혼한 놈들 보면 알잖아." 빌이 말을 이었다.

닉은 여전히 입을 다물고 있었다.

"딱 보면 알아. 결혼한 놈들은 다들 살이 좀 불고, 그 결혼한 사람들 특유의 얼굴을 하고 있잖아. 그걸로 끝이야." 빌이 말했다.

"맞아." 닉이 짧게 대답했다.

"그녀와 끝낸 게 잘한 일이 아닐 수도 있어. 그래도 언젠가는 또 다른 사람을 좋아하게 되겠지. 그럼 괜찮아. 사랑에 빠지는 건 좋아. 하지만 그게 네 인생까지 망치게 두진 마."
빌이 말했다.

"그래." 닉이 짧게 대답했다.

"네가 그녀랑 결혼했다면, 그건 그 집안 전체랑 결혼하는 거야. 그녀 엄마랑, 그리고 그 엄마하고 결혼한 그 뚱뚱한 남자 말이야. 기억하지?"

닉은 고개를 끄덕였다.

"그 사람들이 네 집에 드나들고, 넌 일요일마다 그 집에 가서 저녁을 먹고, 또 네 집에도 불러야 하고, 마지 엄마는 마지한테 이래라저래라 끝도 없이 간섭하겠지. 상상해 봐."

닉은 조용히 앉아 있었다.

"넌 잘 빠져나온 거야. 이제 그녀는 자기랑 비슷한 사람을 만나 결혼하고, 나름 행복하게 살겠지. 섞이지 않는 건 섞지 말아야 하는 법이야. 내가 스트래턴스에서 일하는 아이다랑 결혼한다고 생각해 봐. 걘 아마 좋아하겠지만 말이야."

닉은 아무 말도 하지 않았다. 술기운은 이미 사라졌고, 그는 마치 홀로 남겨진 것 같은 기분이 들었다. 빌은 더 이상 거기 없는 듯했다. 불 앞에 앉아 있는 것도, 내일 빌과 그의 아버지와 함께 낚시를 가는 일도 전혀 내키지 않았다. 그는 더 이상 취하지 않았다. 모든 게 사라졌다. 남은 건 단 하나였다. 그가 한때 마지의 남자였다는 사실, 그리고 이제 그녀를 잃었다는 것. 그녀는 떠났고, 닉 스스로 그녀를 보내버렸다. 그게 전부였다. 다시는 그녀를 보지 못할 것이다. 아마 정말로, 이제는 끝이었다.

"한 잔 더 하자." 닉이 말했다.

빌이 술을 따르자, 닉은 거기에 물을 조금 섞었다.

"네가 결혼했더라면, 우린 지금 이렇게 같이 있지 못했을 거야." 빌이 말했다.

그건 사실이었다. 닉의 원래 계획은 집으로 내려가 일을 구하고, 겨울 내내 샤를부아에 머물며 마지 곁에 있는 것이었다. 하지만 이제 그는 앞으로 무엇을 해야 할지 전혀 알 수 없었다.

"닉, 넌 아마 내일 낚시 갈 생각도 못 했을 거야. 정말 잘한 거야."

"어쩔 수 없었어." 닉이 말했다.

"알아. 원래 일이라는 게 그렇게 흘러가는 법이지." 빌이 말했다.

"갑자기 모든 게 끝나 버렸어. 왜 그렇게 된 건지 모르겠어. 어쩔 수 없었어. 마치 사흘 동안 폭풍이 몰아쳐서 나뭇잎을 전부 쓸어 가 버린 것 같아." 닉이 말했다.

"어쨌든 끝난 거야. 그게 중요한 거지." 빌이 말했다.

"내 잘못이야." 닉이 말했다.

"누구 잘못인지는 중요하지 않아." 빌이 말했다.

"그래, 그렇겠지." 닉이 조용히 말했다.

가장 분명한 건, 마지가 떠났다는 사실이었다. 그리고 아마 다시는 그녀를 보지 못할 거라는 점이었다. 닉은 한때 그녀와 함께 이탈리아로 여행을 가서 즐겁게 지내는 이야기를 나누곤 했다. 함께할 장소들을 그려 보기도 했다. 하지만 이제 그 모든 건 사라졌다. 닉 안에서 무언가가 조용히 꺼져버렸다.

"끝난 게 전부야. 그게 다야. 말해두지만, 닉, 그 일이 있었을 때 난 꽤 걱정했어. 넌 잘한 거야. 그런데 마지 엄마가 아주 화가 났다는 건 알아? 네가 약혼했다고 여기저기 떠들고 다녔대."

"우린 약혼하지 않았어." 닉이 말했다.

"그래도 사람들은 다 약혼했다고들 했어."

"어쩔 수 없지. 하지만 약혼은 아니었어." 닉이 말했다.

"결혼할 생각이었던 건 맞지?" 빌이 물었다.

"맞아. 하지만 약혼은 아니었어." 닉이 대답했다.

"그게 뭐가 달라?" 빌이 캐물었다.

"나도 몰라. 하지만 달라."

"난 모르겠는데." 빌이 말했다.

"그래, 잔뜩 마시고 취하자." 닉이 말했다.

"좋지. 진짜로 취해 보자." 빌이 말했다.

"마시고 나서 헤엄치러 가자." 닉이 말했다.

그는 잔을 단숨에 비우고 말을 이었다.

"마지 일은 정말 유감이지만 내가 어떻게 할 수 있었겠어? 그 여자의 엄마가 어떤 사람인지 너도 알잖아!"

"끔찍하지." 빌이 말했다.

"모든 게 갑자기 끝나 버렸어. 더 이상 말하고 싶지 않아." 닉이 말했다.

"그래. 내가 먼저 꺼냈지만, 우린 이미 충분히 얘기했잖아. 다신 그 얘기 하지 말자. 다시 떠올릴 필요도 없어. 그러다 어쩌면 예전으로 돌아갈 수도 있잖아." 빌이 말했다.

닉은 그런 생각을 해본 적이 없었다. 그는 모든 것이 완전히 끝났다고만 믿고 있었다. 하지만 지금, 아주 작은 기대가 마음속에 스쳤다. 그 생각은 닉을 조금 가볍게 했다.

"맞아. 그럴 수도 있겠네." 닉이 말했다.

이제 닉은 기분이 한결 나아졌다. 세상에 되돌릴 수 없는 일은 없을지도 모른다. 그는 토요일 밤이면 마을로 나갈 수도 있었다. 오늘은 아직 목요일이었다.

"언제나 기회는 있는 거야." 닉이 말했다.

"그러니까 조심해야 해." 빌이 말했다.

"알아, 조심할게." 닉이 대답했다.

닉의 마음은 훨씬 가벼워졌다. 아무것도 정말로 끝난 건 없었다. 아무것도 완전히 잃은 건 없었다. 그는 토요일 밤, 마을로 나갈 것이다. 빌이 그 이야기를 꺼내기 전처럼 마음이 한결 편안해졌다. 언제나 다른 길은 있는 법이다.

"엽총 챙겨서 곶으로 내려가 아버지를 찾아보자." 닉이 말했다.

"좋아." 빌이 벽에 걸린 엽총 두 자루를 꺼냈다. 그는 탄환 상자를 열어 살폈고, 닉은 모직 코트를 걸치고 딱딱하게 말라 있는 신발을 신었다. 불에 말린 신발은 뻣뻣했지만, 상관없었다. 닉은 아직 약간 취해 있었지만, 머릿속은 맑았다.

"기분은 어때?" 닉이 물었다.

"끝내줘, 완벽해." 빌이 스웨터의 단추를 잠그며 말했다.

"취하기만 하면 안 되지."

"그렇지. 이제 밖으로 나가자."

그들은 문을 열고 나섰다. 바람이 폭풍처럼 몰아쳤다.

"이 정도 바람이면 새들이 풀밭에 딱 붙어 있을 거야." 닉이 말했다.

둘은 과수원 쪽으로 발걸음을 옮겼다.

"아침에 도요새 한 마리 봤어." 빌이 말했다.

"그럼, 그 녀석을 우리가 잡아 볼까?" 닉이 말했다.

"이런 바람에선 쏠 수도 없어." 빌이 말했다.

밖으로 나오자, 마지 이야기는 더 이상 비극이 아니었다. 아니, 이제는 별일도 아니었다. 바람이 그런 것들을 죄다 쓸어가 버린 듯했다.

"바람이 큰 호수 쪽에서 불어오고 있어." 닉이 말했다.

그때 바람을 가르며 들려온 것은 엽총 소리였다.

"아버지인가 봐. 습지 쪽에 계시네." 빌이 말했다.

"그럼 그리로 가자." 닉이 말했다.

"저 아래 초원을 가로질러 가자. 혹시 잡을 만한 게 있을지도 몰라." 빌이 말했다.

"좋아." 닉이 말했다.

이제 아무것도 중요하지 않았다. 바람이 닉의 머릿속을 완전히 쓸어가 버렸다. 토요일 밤이면 언제든 마을로 나갈 수 있다. 그 생각만으로도 마음이 한결 놓였다.

세계 문학 단편선

가을빛 속으로

초판발행   2025년 10월 31일

지은이   샬럿 퍼킨스 길먼, 에밀 졸라, 버지니아 울프, 아쿠타가와 류노스케,
            제임스 조이스. 세라 온 주잇, 기 드 모파상, 에드워드 페이슨 로,
            어니스트 헤밍웨이

옮긴이   정회성, 이하영, 지선유, 김유안

디자인   선우정

펴낸곳   다정한책

펴낸이   노현주

출판등록   제2023-000131호

주소   파주시 회동길 480 B-438

전화 031-948-5640 | 팩스 0502-263-1540

전자우편 booksloveyou@naver.com

ISBN 979-11-990979-6-4 03800

- 잘못된 책은 구입하신 서점에서 바꾸어 드립니다.
- 책값은 뒤표지에 표시되어 있습니다.